Reinhard Schreiber · *Die Wolkenreisen des Rufus Achheim*

Reinhard Schreiber

Die Wolkenreisen des Rufus Achheim

Roman

Bibliografische Information der Deutschen Nationalbibliothek:
Die Deutsche Nationalbibliothek verzeichnet diese Publikation
in der Deutschen Nationalbibliografie; detaillierte bibliografische
Daten sind im Internet über http://dnb.dnb.de abrufbar.

Titelbild: *Atlantikküste bei Arcachon* (Aquarell, sign. *R.S. 2011*

© 2022 Reinhard Schreiber
Herstellung und Verlag:
BoD – Books on Demand, Norderstedt

ISBN: 9-783756209811

Inhalt

Anhang

5

Mein besonderer Dank gilt Herrn Marc Heinzmann für die freundliche Unterstützung bei der Lösung von EDV-technischen Problemen, die mit der Herstellung dieses Buchs verbunden waren. *R.S.*

Nebeltag

Doktor Rufus Achheim lebte seit Jahren in einer kleinen Kreisstadt, die am nördlichen Ende eines der bayrischen Seen lag und am Westufer von einem Schloss überragt wurde. An dieser Stelle hatte der Überlieferung nach im Mittelalter ein Ritter namens Hans von Starenberg eine erste Burganlage errichtet. Später residierten dort lange Zeit Kurfürsten in einem klassizistischen Residenzbau, der in der Neuzeit – gleichsam in historischer Konsequenz – zum Amtssitz der Finanzbehörde umgewidmet wurde. Ab der Mitte des 19. Jahrhunderts hatte der Geldadel aus der nahen Landeshauptstadt an den Ost- und Westufern am Fuße bewaldeter Hügel stattliche Villen erbauen lassen, die der Gegend nachhaltig das Siegel der Wohlhabenheit aufgedrückt hatten. Vom Gebirgspanorama über der südlichen Seeregion und den pittoresken Wolkenbildern am duftig-blauen Himmel waren früher immer wieder namhafte Maler und Literaten angelockt worden. Der ländliche Charme des vormaligen Fischerdorfs war allerdings gegen Ende des 19. Jahrhunderts endgültig gewichen, als man mit der Einführung technischer Neuerungen wie der Dampfschifffahrt und der Eisenbahn begonnen hatte, Raum und Zeit schrumpfen zu lassen und für sprudelnden Fremdenverkehr zu sorgen.

Rufus hatte kein Problem im Umgang mit dem schwallartigen Tourismus an Wochenenden und Feiertagen, da er es vermied, zu solchen Zeiten die belebte Seepromenade und die wimmelnden Badestrände am Ost- und

Westufer aufzusuchen. Das fiel ihm selbst bei schönstem Wetter nicht schwer, da er als Alternative an solchen Tagen meistens genug damit zu tun hatte, in der Kreisklinik Kinder mit Schrammen, Wespenstichen, Kopf- und Bauchschmerzen, Schädelprellungen, Knochenbrüchen, Sonnenstich, Gehirnerschütterung oder hohem Fieber ärztlich zu versorgen.

Es war an einem grauen Samstag Anfang November, als er sehr früh am Morgen wach wurde. Beim Blick aus dem Fenster zum Garten hin waren die Kronen der alten Buchen in dichten Nebel gehüllt, und auch der kleine Gartenteich, auf den jeden Morgen sein erster Blick fiel, war im Nichts verschwunden. Er war allein im Haus, weil seine Frau Julia übers Wochenende zu einem Bridge-Turnier in ein nahe gelegenes Kurstädtchen gereist war, das seit dem 19. Jahrhundert dank der Lehren seines heilkundigen Ortspfarrers namens Kneipp über die segensreichen Kräfte der Natur anhaltende Berühmtheit erlangt hatte. Die Kinder waren längst außer Hauses und kamen allenfalls im Sommer vorbei, wenn das Badewetter sie an den See lockte.

Am Vorabend war Rufus ziemlich spät nach Hause gekommen, da er noch Arztberichte durchgesehen und einigen Schreibkram erledigt hatte, der unter der Woche liegengeblieben war. Obwohl er an diesem Tag keinen Notrufdienst hatte, beschloss er, sich noch den Rest dieser Arbeiten ungestört vorzunehmen. Wegen des außergewöhnlich dichten Nebels und der ohnehin nur kurzen Wegstrecke zur Klinik verzichtete er auf den Wagen und machte sich zu Fuß auf den Weg. Die Sicht war so schlecht, dass er nur langsam vorankam und sich an manchen Stellen an den Zäunen entlanghangeln musste. Es war sehr still, da der Nebel jeden Laut schluckte, und kaum verwunderlich, dass bei solch unfreundlichem Wetter weit und breit kein Mensch zu sehen war.

Als er endlich den Übergang an der Hauptstraße erreicht hatte, zeigte die Fußgängerampel *Rot*. Während er wartete, hörte er, wie ein leises Motorengeräusch näherkam. Ein Wagen mit blassen Nebelleuchten rollte langsam heran und hielt am Übergang, weil auch für ihn soeben das rote Signal aufgeleuchtet hatte. In den wenigen Augenblicken des gemeinsamen Wartens nahm Rufus wahr, dass es sich um einen schwarzen *Pallas* handelte, eine Limousine der Marke *Citroën*. Dieser futuristisch gestylte Oldtimer war, seit er ihn als Vierzehnjähriger zum ersten Mal gesehen hatte, zu seinem Traumauto geworden und es auch geblieben.

Seltsamerweise war die Innenbeleuchtung des Wagens eingeschaltet, sodass er trotz des Nebels für einen kurzen Augenblick das Gesicht des Fahrers erkennen konnte. Es wirkte im schwachen Licht fahl, und die dunkle Augenpartie war überschattet von einem Borsalino, unter dessen breiter Krempe schütter-graue Haarsträhnen herabfielen. Die Gesichtszüge erinnerten Rufus blitzartig an die von Michel Piccoli, einem französischen Schauspieler der *Nouvelle Vague*, dessen Filme ihn in seiner Jugend fasziniert hatten. Nach kurzem Warten gab das grüne Signal den Fußgängerübergang frei, und als Rufus die Gegenseite erreicht hatte und zurückblickte, sah er nur noch, wie das dunkle Gefährt langsam anrollte und seine Rückleuchten im Nebel verschwanden. Diese überraschende Begegnung hatte ihn aus unerfindlichen Gründen seltsam berührt und beschäftigte ihn beim Weitergehen, ohne dass er dafür eine plausible Erklärung finden konnte.

Noch tief in Gedanken erreichte er nach wenigen Minuten die Klinik und betrat durch die gläserne Drehtür das Foyer. Der Pförtner saß, verborgen hinter einer Zeitung, in der Loge und hatte neben sich eine leere Bierflasche stehen. Er bemerkte Rufus überhaupt nicht, sodass dieser, um ihn nicht zu stören, mit einem stummen Nicken unbemerkt an ihm vorbeigehen konnte. Er begab sich geradewegs zu seinem Dienstzimmer, dessen Tür nicht verschlossen war – die Putzfrau musste wohl schon in aller Frühe dagewesen sein.

Auf dem Schreibtisch türmten sich die Unterschriftsmappen, die er am Vorabend noch erledigt hatte. Er trug sie zur Ablage ins Sekretariat hinüber und machte sich an die Durchsicht der verbliebenen Ordner. Nach gut eineinhalb Stunden konnte er erleichtert den letzten Aktendeckel zuklappen und entschloss sich, da er keinen Zeitdruck hatte, zu einem kurzen Gang über seine Klinikabteilung.

Der breite zentrale Flur, auf den die Patientenzimmer mündeten, war leer und lag im Dämmerlicht, da man offenbar die schwache Nachtbeleuchtung noch belassen hatte. Das hing vermutlich damit zusammen, dass wegen des düsteren, trüben Wetters sowohl die kleinen Patienten in ihren Gitterbettchen als auch deren Begleitmütter auf ihren Klappliegen noch friedlich schliefen. Beim Blick durch die verglasten Türen fand Rufus diese Annahme bestätigt und durfte davon ausgehen, dass es momentan allen gut ging. Als er am Raum vorüberkam, in dem die Kinderschwestern gerade bei einer Tasse Kaffee mit der Dienstübergabe beschäftigt waren, hörte er durch den offenen Türspalt murmelnde Gespräche und ab und zu gedämpftes Lachen. Er wollte dabei nicht stören und machte sich wieder auf den Weg zum Ausgang, ohne dabei irgendjemandem zu begegnen.

Der Pförtner saß unverändert hinter seiner Zeitung und nahm ihn auch jetzt nicht zur Kenntnis, obwohl er ihn sonst immer mit einem jovialen „Grüß Gott, Herr Doktor!" zu grüßen pflegte. Draußen hatte der Nebel kaum nachgelassen, sodass Rufus sich auch jetzt wieder vorsichtig vorantasten musste. Nach Überqueren der Hauptstraße wechselte er für den Heimweg die Straßenseite, da ihm die Orientierung dort leichter erschien.

Nach ein paar Schritten stand er plötzlich vor einem Fahrrad, das am Zaun lehnte und ziemlich demoliert wirkte. Beim näheren Hinsehen entdeckte er völlig überrascht anhand eines Aufklebers, dass es zweifellos sein eigenes war, mit dem er gestern Abend nach Hause gefahren war. Das Vorderrad war zu einem Achter verbogen, der Lenker verdreht und das Tretlager durchgebrochen. Wie es hierher kam, war ihm ein Rätsel, und er spielte kurz mit dem Gedanken, es könnte nachts entwendet worden sein, da er es meist nur unter dem Vordach neben der Haustür abstellte und bisweilen vergaß, es abzusperren. Weil es in diesem Zustand überhaupt nicht fortzubewegen war, nahm er sich vor, die traurigen Überreste später mit dem Wagen abzuholen, und setzte seinen Heimweg fort.

Zuhause nahm er die Morgenzeitung aus dem Briefkasten und blätterte sie bei einer Tasse Tee durch, ohne viel zu entdecken, was er nicht schon am Vortag aus den Radionachrichten erfahren hatte. Das anhaltend trübe Wetter bewirkte auch bei ihm – so wie bei seinen kleinen Patienten – ein gewisses Schlafbedürfnis. Da sein freier Tag es ihm gestattete, kam er dem – entgegen seiner sonstigen Gewohnheit – mit einem Nickerchen auf der Couch im Wohnzimmer nach.

Als er wieder erwachte, war es bereits Nachmittag. Der Nebel hatte sich gelichtet, und die Baumkronen im Garten und auch das dunkle Auge des Teichs waren wieder schwach zu erkennen. Er überlegte kurz, ob er jetzt sein ruiniertes Fahrrad abholen solle oder erst noch einen kleinen Waldspaziergang nach Rieden, einem Weiler in der Nähe, machen könne. Im Sommer war dies seit Jahren eines seiner Lieblingsziele, weil sich von dort an schönen Tagen ein herrlicher Blick auf die Bergkette über dem südlichen See bot. Daran war an einem Nebeltag wie dem heutigen zwar nicht zu denken, aber der Weg dorthin war für ihn immer schon eine willkommene Möglichkeit zu entspannter Meditation gewesen.

Begegnung in Rieden

Rufus zog seinen alten Dufflecoat und die Wanderschuhe an und stieg die Steintreppe empor, die dem
Gartentor gegenüber direkt hinauf zum Waldweg führte.
Er ging durch einen dichten Buchenwald, dessen Blattwerk im Gegensatz zu dem der selteneren Eichen bereits
vollständig abgefallen war. Beim Blick nach oben konnte er trotz des vom Nebel verschleierten, aber hell wir-
kenden Himmels die Äste bis hinauf in ihre oberen Ver-
zweigungen verfolgen. Sie erinnerten ihn an dünne
Quellrinnsale, die sich auf ihrem Weg ins Tal zu kleinen
Bächen vereinigten, um zu stärker werdenden Flüssen
zusammenzufließen und in den Hauptstrom des mächtigen Stammes einzumünden, der schließlich im Blätter-
meer des Waldbodens verschwand.

Als er aus dem Wald heraustrat, wurde es lichter und er
erkannte vor sich den flachen Höhenrücken, auf dessen
Kamm sich die Wirtschaftsgebäude des alten Gutshofs
Rieden schemenhaft in den weißen Schwaden abzeichneten. Dort hatte Ludwig III., der letzte bayrische König,
Anfang des 20. Jahrhunderts als Prinzregent ein Muster-
gut aufgebaut und durch eine vorbildliche Milchwirt-
schaft zur Versorgung der Bevölkerung beigetragen. In
der Neuzeit waren die umliegenden Weideflächen in ein
Golfresort umgewandelt worden, ohne dass dadurch der
ländliche Charme des Weilers merklich gestört wurde.

Im Näherkommen sah Rufus zunächst die Zwiebelhaube
der kleinen Kirche St. Peter und Paul aus dem Nebelgrau

auftauchen und daneben die Gaststätte des Golfclubs, die jetzt nach Saisonende bereits geschlossen war. Durch ein Gatter betrat er den kleinen Friedhof, der das Kirchlein umgab, und studierte beim Gang durch die Gräberreihen die Inschriften auf den alten Grabsteinen und Kreuzen, obwohl er die meisten schon von früheren Besuchen her kannte. Für ihn hatte dieser Ort eine besondere Aura, weil bei älteren Grabstellen Beruf und Heimatort der Bestatteten aufgeführt waren. Das regte ihn immer wieder zum Versuch an, sich in Gedanken ein Bild von der beigesetzten Persönlichkeit zu machen.

Hier gab es klangvolle Namen von Staatsbeamten, Bürgermeistern, Ärzten und Adligen, aber auch die von einfachen Handwerkern und Bauern, wobei letztere als *Ökonom daselbst* und deren Frauen als *Ökonomsgattin* tituliert waren. Zum Schmunzeln brachten ihn Bezeichnungen wie *Privatier* für jemanden, der damit zu erkennen gab, dass er auch ohne repräsentativen Beruf so viel Vermögen ererbt oder angehäuft hatte, dass er sich frühzeitig zur Ruhe hatte setzen können. Für noch mehr innere Erheiterung sorgte die Berufsangabe *Jungfrau* auf dem Grabstein einer Dame, die mit weit über Achtzig verstorben war.

Schließlich betrat Rufus auch den kleinen Kirchenraum, weil die Stimmung im Inneren ihm schon oft Gelegenheit zur kurzen Besinnung gegeben hatte. Er nahm in einer Bank gegenüber dem raumhohen schmiedeeisernen Gitter Platz, das den Kirchenraum vor Raub und Schaden schützen sollte, und konnte im Dämmerlicht am gotischen Altar die in Gold gefassten Figuren der beiden Kirchenpatrone erkennen. Die Mitte des Kirchenschiffs nahm ein stattlicher Sarkophag aus purpurfarbenem Marmor mit der lebensgroßen Skulptur einer schönen jungen Frau ein.

Einer Tafel neben der Eingangstür war zu entnehmen, dass es sich dabei um Prinzessin Mathilde handelte, eine der Töchter des letzten bayrischen Königs, die 1877 in Lindau am Bodensee geboren und in jungen Jahren an einem Lungenleiden verstorben war. Rufus hatte bereits früher einiges über ihre tragische Lebensgeschichte gelesen und war jedes Mal, wenn er diesen Ort der Ruhe besuchte, aufs Neue von ihrem traurigen Schicksal berührt gewesen.

Während er auch diesmal solchen Gedanken nachhing, hatte er das Gefühl, nicht allein im Raum zu sein. Er wandte sich um und entdeckte im Dunkel der hinteren Bankreihe unter der Empore eine Person, deren Gesicht von einem Schleier verhüllt war. Er nickte ihr wortlos zu und bemerkte, wie sie kurz darauf den Kirchenraum verließ. Einige Zeit später trat auch er wieder ins Freie und erblickte vor der dunklen Thujen-Gruppe gegenüber die Gestalt, die er gerade eben wahrgenommen hatte.

Es war eine Dame in einem hellen, glatt fallenden Gewand mit einem seidenen Schleier über dem schmalen Haupt, der ihr fast so etwas wie den Aspekt einer klassischen Bühnenfigur gab. Als er ihr nochmals kurz zunickte, kam sie mit leichtem Schritt – fast so, als schwebe sie – auf ihn zu und schob den Schleier vom Gesicht zurück. Rufus erblickte die ebenmäßigen Züge einer jungen Frau und hatte intuitiv das Gefühl, diese bereits irgendwo gesehen zu haben.

„Sie sind neu hier", sprach sie ihn ohne Umschweife an. „Darf ich mich Ihnen vorstellen? Ich bin Prinzessin Mathilde, die jüngste Tochter von König Ludwig III. von Bayern, und war die Lieblingsenkelin meines Großvaters, des Prinzregenten Luitpold. Ich erlebte eine unbeschwerte Kindheit in Lindau am Bodensee und heiratete in jungen Jahren Prinz Ludwig von Sachsen-Coburg und Gotha. Wir hatten zwei reizende Kinder, Antonius und Maria, die uns viel Freude bereiteten.

Im Jahr 1906 machte sich bei mir eine zunehmende Mattigkeit bemerkbar, und als dann sehr hartnäckige Hustenanfälle hinzukamen, stellten die Ärzte die Diagnose einer Tuberkulose und schickten mich zur Kur in die Schweiz. Leider schlugen die in Davos üblichen Licht- und Luftkuren bei mir nicht an, sodass ich immer häufiger Sauerstoff erhalten musste. Meine seelische Verfassung wurde zwar durch die wunderbare Bergwelt zunächst aufgehellt, aber mein körperliches Befinden verschlechterte sich rapide, sodass ich dort nach kurzem Aufenthalt mit neunundzwanzig Jahren verstarb.

Dies bedeutete einen schmerzlichen Verlust für die gesamte Familie und war für meinen Vater Anlass, mich hier in diesem Kirchlein, das zum Gutshof gehörte, in dem Marmorsarkophag beisetzen zu lassen, den Sie drinnen wohl schon gesehen haben."

Rufus hatte es bei diesem ergreifenden Lebensbericht fast die Sprache verschlagen. Er war tief berührt, und als er nach anfänglichem Schweigen seine Fassung wiedergewonnen hatte, fand er zu ersten Worten: „Wie kann es sein, dass ich Sie, nachdem Sie vor mehr als einem Jahrhundert unsere Welt verlassen haben, jetzt hier antreffe? Mein Name ist Rufus, und ich bin heute nicht das erste Mal da, weil mich die Aura dieses Ortes schon seit langer Zeit immer wieder angezogen hat."

Sie lächelte verständnisvoll zu ihm herüber, als wolle sie ihm irgendetwas schonend beibringen.
„Rufus, Sie haben vermutlich noch nicht bemerkt, dass auch Sie die Welt der Sterblichen bereits verlassen haben und von nun an auf der anderen Seite des Lebens stehen, der die Unsterblichen angehören. Eine solche Veränderung werden Sie sich vielleicht ganz anders vorgestellt haben, aber so ist sie nun wirklich – sonst hätten Sie mich auch gar nicht wahrnehmen können".

Jetzt fiel es Rufus wie Schuppen von den Augen. Er hatte offenbar am Vorabend auf dem Nachhauseweg mit dem Fahrrad einen Unfall erlitten, womit alles Seltsame zu erklären war, was er heute erlebt hatte: die menschenleeren Straßen, der geheimnisvolle Fahrer im dunklen *Pallas*, der schweigsame Pförtner in der Klinik, der unbemerkte Gang durch die Abteilung und das demolierte Fahrrad am Straßenrand.

„Ich habe heute einige Dinge erlebt, die mir zu denken gegeben haben", meinte er schließlich, „und ich verstehe erst jetzt, was wirklich geschehen ist. Ich muss mich über mich selbst wundern, dass ich mich durch mein jetziges Wissen eigentlich eher erleichtert fühle und über das Vorgefallene nachträglich auch keinen Schrecken empfinden kann. Ich danke Ihnen dafür, dass Sie mich mit ruhigen Worten mit meiner neuen Befindlichkeit bekannt gemacht haben."

„Seien Sie hier bei uns willkommen! Ich kann Ihnen gerne ein paar Ratschläge geben, die für Sie in Zukunft nützlich sein können", bot Mathilde an. „Wenn Sie wollen, können wir dort drüben auf der Bank unter der Birke Platz nehmen – es gibt da nämlich eine ganze Menge an Dingen, die ich Ihnen mitteilen kann."

Sie ließen sich nieder, und Rufus konnte von hier aus in der Gräberreihe an der Westmauer der Kirche die freie Grabstelle sehen, die er vor einigen Jahren im Pfarramt der Kreisstadt für sich hatte reservieren lassen. Die vorsorgliche Sicherung der Anwartschaft war zweifellos angebracht, denn er wusste, dass auf dem kleinen Friedhof solche Plätze nur selten zu vergeben waren. Vor einiger Zeit hatte man an mehreren Pfosten der Umzäunung lange Stangen mit Starenkästen angebracht, deren Bewohner im Frühjahr bei Sonnenaufgang für ein Morgenkonzert sorgen sollten – ein schöner Gedanke, der diesen stillen Ort vielleicht mit etwas Leben erfüllen würde.

Zunächst herrschte für ein paar Augenblicke Schweigen, weil beide versuchten, zunächst ihr Denken zu sortieren. Dann ergriff Mathilde, als könne sie Gedanken lesen, das Wort: „Darf ich annehmen, dass der freie Platz dort drüben, zu dem Sie gerade hinüberblicken, ihre Grabstelle ist? Eine recht schöne Lage – Sie haben gut daran getan, sich frühzeitig darum zu bemühen.

Ich werde Ihnen jetzt ein paar Hinweise zu uns Unsterblichen geben, die für jeden, der hier neu ist, wichtig sind. Sie betreffen zum einen das Verständnis fremder Sprachen und die Möglichkeit, auch über weite Entfernungen miteinander in Kontakt zu treten. Zum anderen beziehen sie sich auf die Fähigkeit zur Translokation, was bedeutet, dass man in kürzester Zeit auch ferne Ziele erreichen kann, indem man mit den Wolken reist.

Die wichtigste Voraussetzung dafür ist der feste Wille, etwas Bestimmtes zu bewirken, und dazu bedarf es einer starken meditativen Konzentration, die ständig geübt werden muss. Erste Erfolge werden Sie daran erkennen, dass sie sogar ungehindert durch Türen und Wände gehen können. Wie Sie sehen, gewinnen Sie da einige Vorteile – aber denken Sie auch immer daran: Sie müssen sich ständig mit mentalen Übungen darum bemühen und bekommen dabei nichts geschenkt.

Zunächst zur Verständigung untereinander: Jeder von uns kann sich in seiner Muttersprache ausdrücken und wird trotzdem von jedem verstanden. Zeit und Ort spielen dabei keine Rolle. Zur Kontaktaufnahme muss intensiv an die gewünschte Person gedacht werden, aber etwas Geduld sollte man dabei schon haben. Das Zustandekommen einer Verbindung erfolgt ähnlich wie bei der modernen Form der drahtlosen Übermittlung von Botschaften, wie sie heutzutage gang und gäbe ist – wie das genau vor sich geht, kann ich allerdings nicht sagen."

„Soll das heißen", warf Rufus ein, „dass die Nachrichten, die von den Sterblichen als sogenannte *Mails* in den Äther geschickt werden, auch von den Unsterblichen wahrgenommen werden können? Diese sind ja nicht die vorgesehenen Adressaten, und da wäre so ein unerlaubter Zugriff, um Botschaften zu lesen, eigentlich unzulässig und fast so etwas wie Spionage."

Mathilde wirkte leicht amüsiert, als sie entgegnete: „Sie haben Recht, aber da kann ich Sie völlig beruhigen. Wir könnten zwar diese Mitteilungen verstehen, aber angesichts ihrer immensen Flut, ihrer meist banalen Inhalte und ihres oft seltsamen Wortschatzes kümmert sich kaum einer von uns wirklich darum. Wir haben da viel bessere Möglichkeiten zur direkten Kommunikation, indem wir mit Unseresgleichen durch mentale Kräfte ein Treffen an bestimmten Orten vereinbaren können und uns von einer Wolke dorthin bringen lassen.
Das ist eigentlich das ganze Jahr über möglich, am besten aber in den Nächten um die Vollmondphase, weil um diese Zeit die Wetterlage bekanntermaßen recht stabil ist. Besonders günstig ist im Sommer die Zeit um die Äquinoktien, also dem Tag-und-Nacht-Gleiche im Juni. Wenn man von jemandem, mit dem man sich verabreden will, eine Zusage erhält, muss man sich nur eine Wolke herbeirufen und kann mit ihr in kurzer Zeit zum vereinbarten Treffpunkt fliegen.
Dabei könnte einem schon mal eine ungünstige Wetterlage einen Strich durch die Rechnung machen, wie beispielsweise ein heftiger Sturm oder ein plötzlicher Stark-

regen. Aber wir haben ja unendlich viel Zeit und können in Ruhe das passende Reisewetter abwarten."

Reisen machen und Menschen treffen – das waren seit jeher zwei der Hobbys gewesen, die Rufus bevorzugt hatte. Wolken waren für ihn schon immer Wundergebilde von grenzenloser Vielfalt gewesen, denen er als Kind und auch noch als Erwachsener stundenlang hatte nachträumen können. Er hatte sich dabei phantastische Fabelwesen und exotische Landschaften vorgestellt und gewünscht, mit ihnen weit wegfliegen zu können.

„Mathilde", meinte er, „ich denke, ich werde in Zukunft wohl kaum unter Langeweile leiden. Könnte ich denn auch mit Menschen, die noch im ersten Teil des Lebens stehen, in Verbindung treten?"

„Es haben schon viele Geisterbeschwörer versucht, in sogenannten *Séancen* uns Unsterbliche herbeizuzitieren", entgegnete Mathilde. „Dazu haben sie immer – vorzugsweise in höchsten Kreisen – mühelos ein gläubiges Publikum gefunden. Aber derartige Beschwörungen sind nie wirklich gelungen, sondern es wurden lediglich Erfolge vorgetäuscht mit Tricks, wie sie bei Taschenspielern und Zauberkünstlern üblich sind.
Was aber für uns Unsterbliche möglich ist, das ist die Fähigkeit, nahestehenden Menschen, die in Gedanken intensiv bei uns sind und sich uns herbeiwünschen, im Traum zu erscheinen oder Botschaften zukommen zu lassen. Das ist aber ein Kapitel für sich, das wir besser den Parapsychologen überlassen."

Rufus war von der Fülle des Neuen, das er soeben erfahren hatte, überwältigt und ahnte, dass er einige Zeit brauchen werde, bis er alles verarbeitet und erprobt haben würde. Mittlerweile hatte es zu dämmern begonnen, und das war für ihn immer der gewohnte Zeitpunkt gewesen, sich wieder auf den Heimweg zu machen. Er dankte Mathilde für ihre Ratschläge und bat darum, sie wieder aufsuchen zu dürfen, wenn er ihren Rat brauche. Sie verabschiedeten sich an dem kleinen Vorbau vor der Kirchentür, und als er sich vom Weg her nochmals kurz umschaute, bemerkte er in den Fenstern der Kapelle einen schwachen bläulichen Lichtschein.

Er ging langsam den Hang hinunter zum Waldweg und dachte darüber nach, mit wem von den Unsterblichen er denn gerne Kontakt aufnehmen würde. Dabei musste er sich zum eigenen Erstaunen eingestehen, dass sein innerer Drang, die Eltern und Großeltern oder auch andere Verwandte wiederzusehen, nicht sonderlich groß war. Dagegen schien ihm der Gedanke wesentlich attraktiver, mit fremden Personen in Verbindung zu treten, von denen er früher einmal gehört oder über sie gelesen hatte. Was sie alle verband, war der Umstand, dass es ihnen fast allen versagt geblieben war, etwas zu erreichen, worum sie sich bis zu ihrem Lebensende bemüht hatten.

Er war von Natur aus immer schon ein neugieriger Mensch gewesen und versprach sich von einem solchen Treffen, vielleicht von bisher unbekannten Deutungen zu hören oder gar echte Wahrheiten über realhistorische Zusammenhänge erfahren zu können.

Völlig überrascht stand er plötzlich vor seinem Gartentor und konnte nicht begreifen, wie er den Waldweg, den er wirklich gut zu kennen glaubte, diesmal in so kurzer Zeit geschafft hatte. Vielleicht hatte allein der Gedanke an das Zuhause seine Schritte beschleunigt, oder es waren in der Tat bereits frühe Ansätze, die Fähigkeit zur Translokation zu erlernen. Als er dann ins Haus treten konnte, ohne die Türe aufzuschließen, wusste er, dass er den ersten Schritt auf dem Weg getan hatte, den Mathilde ihm geschildert hatte.

Beim Burgturm von Akrokorinth

Für die nächsten Tage quartierte sich Rufus im kleinen Gartenhaus unter der alten Buche neben seinem Teich ein, das er sich vor langer Zeit zur Aufbewahrung von Arbeitsgeräten und zur Lagerung von Gartenmöbeln gezimmert hatte. Neben einer Holzlege gab es unter dem Dachvorsprung einen schattigen Freisitz mit einer Bank, auf der er im Sommer häufig am Nachmittag saß, wenn er Zeit und Ruhe zum Lesen hatte.

Seine Frau Julia war noch in der Nacht von seinem Unfall benachrichtigt worden und am folgenden Vormittag vorzeitig von ihrem Bridge-Turnier zurückgekommen. Sie war äußerst mitgenommen, aber für Rufus gab es ja keine Möglichkeit, sie in irgendeiner Weise zu trösten. Noch am gleichen Tag kamen Freunde vorbei, um ihre Hilfe anzubieten, und tags darauf waren auch die Kinder angereist.

Wenige Tage später fand die Beisetzung in Rieden statt – wegen der Enge des Kirchenraums allerdings nur im kleinen Kreis. Die Luft war frisch und der Himmel leuchtete in stählernem Blau unter der matten Herbstsonne. Bei der würdigen Feier wurden lobende Worte gesprochen, bevor man den Sarg zur Grabstelle trug. Rufus ließ sich auf der Bank unter der Birke nieder und war verwundert, wie emotionslos er selbst – verglichen mit den Trauergästen – an der Zeremonie seiner Beisetzung teilnahm. Er verspürte eine unendliche innere

Gelassenheit, wie er sie im ersten Leben nie gekannt hatte, und empfand dabei auch keine tiefe Trauer.

Während sich die kleine Gesellschaft anschließend in einem nahen Landgasthof zusammensetzte, wollte er mit seinen Gedanken für sich sein. Dazu wünschte er sich auf die Bank an seinem Gartenhäuschen und fand sich nach wenigen Augenblicken tatsächlich dort wieder. Für ihn war dieser Tag ein Abschied von der vertrauten Umgebung, weil er wusste, dass von nun an die Grabstelle in Rieden sein Zuhause sein würde. Während er seinen Erinnerungen nachhing, stellte er auch erste Überlegungen an, mit wem als erstem er denn in spirituelle Verbindung treten könne.

Nach einigem Hin und Her fielen ihm die *Argonautika* ein, ein Epos, in dem der Grieche Apollonios von Rhodos im 3. Jahrhundert v.C. in vier Gesängen die Seereise des thessalischen Prinzen Jason nach Kolchis beschreibt. Zusammen mit fünfzig Seefahrern, den Argonauten, sollte er von dort das Fell eines heiligen Widders, das Goldene Vlies, nach Griechenland holen. Er brachte es tatsächlich mit nach Thessalien in Begleitung von Medea, einer Tochter des Königs von Kolchis, die den Helden beim Raub dieser Devotionalie mit allerlei Mitteln der Magie unterstützt hatte.

Der Fortgang der Geschichte und eine Antwort auf die Frage, ob es Jason und Medea denn wirklich gegeben hat, waren für Rufus aus dem antiken Text nicht hervorgegangen, sodass er beschloss, im nächsten Frühjahr mit den Beiden in Kontakt zu treten.

Der Winter ging rasch vorüber. Zu Beginn des neuen Jahres wurde der Grabstein gesetzt mit dem Leitspruch, den ihm sein Lateinlehrer mit auf den Weg gegeben hatte: *Via Aurea Media*. Der *Goldene Mittelweg* war in seinem Leben für seine Entscheidungen zwar nicht immer der spektakulärste gewesen, in der Rückschau hatte er sich jedoch häufig als der für ihn richtige erwiesen.

An klaren Tagen übte er sich ab und zu mit Versuchen, eine Wolke herbeizurufen, und konnte dadurch mehrmals kleine Tagesausflüge in die nähere Umgebung unternehmen zu Zielen, die er im vorigen Leben gerne aufgesucht hatte. Als Anfang März die Tage wieder länger wurden, ließ er sich oftmals frühmorgens auf der kleinen Kuppe südlich des Friedhofs nieder, um den Sonnenaufgang zu beobachten und dem plötzlich einsetzenden Gezwitscher der Vögel zu lauschen.

Zur Mitte des Monats hin war es so weit – die Nächte des Vollmonds rückten näher. Rufus spürte förmlich, wie seine Reiselust zunahm, die er als ebenso heftig empfand wie sein früheres Reisefieber, wenn ein großer Aufbruch bevorstand. Eines Abends ging er wieder zur Kuppe hoch und blickte nach Süden zur Gipfelkette der Voralpen, die im späten Licht erstrahlten. Er schloss die Augen und versuchte, sich von den beiden Protagonisten des Apollonios von Rhodos ein Bild zu machen, so wie er sie aus dessen Epos in Erinnerung hatte. Dann rief er in Gedanken als ersten Jason in Griechenland auf und lauschte, in sich versunken, eine Zeit lang in den Äther.

Mit einem Mal vernahm er eine Stimme: „Ich bin Jason aus Thessalien und habe in Korinth Deinen Ruf vernommen. Wer bist Du und was wünschst Du von mir?"

Rufus verschlug es zunächst die Sprache, aber dann antwortete er: „Ich bin Rufus aus dem Land nördlich der großen Gebirge. Ich habe einen abenteuerlichen Bericht über Deine Reise nach Kolchis und die mühsame Rückkehr nach Thessalien gelesen. Jetzt möchte ich von Dir hören, ob Dein Onkel Pelias, in dessen Auftrag Du das Goldene Vlies geholt hast, Dir auch wirklich, wie zugesagt, den Thron übergeben hat."

„Dem war leider nicht so", kam es zurück, „denn der König hatte es sich anders überlegt als versprochen und riet mir und meinen Freunden, sein Land auf der Stelle zu verlassen. Als er sogar androhte, anderenfalls werde er dies mit seinen Streitkräften erzwingen, bestiegen wir angesichts dieser Übermacht wieder unser Schiff und ruderten – vorbei an der Insel Euböa und um das Kap Sounion herum – zur Halbinsel der Peloponnes.
Was dann folgte, ist ein lange Geschichte, die nicht so schnell zu erzählen ist. Ich schlage vor, wir treffen uns morgen um Mitternacht in Griechenland an den Ruinen von Akrokorinth. Die Burg ist nicht schwer zu finden – sie liegt im Osten der Peloponnes auf einem steilen Felsen, der hoch über die Ebene der Argolis emporragt."

„Mir wäre sehr daran gelegen, auch mit Medea zu sprechen", warf Rufus ein, „weil ich einige Fragen habe, die vermutlich nur sie beantworten kann. Kannst Du mit ihr in Verbindung treten, oder soll ich es selbst versuchen?" Jasons Antwort kam sofort: „Ich werde gern mit ihr sprechen und bin ziemlich sicher, dass auch sie kommen wird."

Rufus war überglücklich, dass dieser erste Kontakt auf Anhieb gelungen war, und dankte Jason für sein spontanes Angebot eines Treffens. Am folgenden Abend stieg er nach Einbruch der Dunkelheit zu seiner Kuppe empor und rief eine Wolke herbei, die sich bereits nach wenigen Augenblicken von Westen her näherte und ihn aufnahm. Als Ziel gab er *Akrokorinth* an und musste gar nicht erst auf Griechenland oder Peloponnes hinweisen.

Die Reise in Richtung Südosten ging zügig voran und bot trotz Dunkelheit einiges, was für ihn faszinierend war. Die schneebedeckten Gipfel der Alpen leuchteten hell im Mondlicht, und die Städte der Balkanländer glichen mit ihrem Lichtermeer goldenen Seen. Kurz, nachdem er Mazedonien überquert hatte, konnte er in der Ferne die weißen Gipfel des Olymp erkennen, bevor die Wolke zur Peloponnes einschwenkte und ihn auf dem Felsplateau von Akrokorinth absetzte.

Die Ruinen der alten Burg waren ebenso wie das weite Land der Argolis zu ihren Füßen vom Vollmond in ein magisch-bläuliches Licht getaucht. Rufus blickte sich um und entdeckte an der höchsten Erhebung der Mauerreste, wo früher wohl der Burgfried gestanden hatte, schemenhaft zwei Gestalten, die ihm zuwinkten. Über einen schmalen Treppenpfad stieg er zu ihnen empor und begrüßte die beiden, wobei er sie beim Vornamen ansprach. Medea trug ein glatt fallendes, mit einem Gürtel gerafftes Kleid und hatte langes dunkles Haar, das von einem Reif gehalten wurde, während Jason eine leichte lederne Rüstung anhatte und auf dem Kopf einen silbernen Helm trug, der mit einem Schweif aus Rosshaar geschmückt war.

Rufus begrüßte die beiden und dankte ihnen, dass sie seinem Aufruf gefolgt und bereit waren, seine Fragen zu beantworten. Sie ließen sich auf einem ebenen Mauerrest nieder, der früher vielleicht einmal wirklich eine Bank gewesen war, und Rufus ergriff als erster das Wort.

„Jason – indem ich Medea und Dich hier wirklich als Unsterbliche vor mir sehe, ist meine erste Frage bereits beantwortet: Ihr seid also nicht erfundene Sagengestalten – nein, es hat Euch vor dreitausend Jahren wirklich gegeben!

Ich habe Dir ja schon mitgeteilt, dass ich Eure Geschichte aus den *Argonautika* des Apollonios von Rhodos kenne, der dieses Werk allerdings erst sechs Jahrhunderte nach Eurer großen Reise verfasst hat. Nach so langer Zeit kann sich die ursprüngliche Überlieferung historischer Ereignisse durch Hinzudichtungen allerdings so verändern, dass sie letztlich mehr einer Legende als der historischen Wirklichkeit entspricht.

Nun eine weitere meiner Fragen an Dich, Jason: Dein Onkel Pelias hatte Deinen Vater Aison in Iolkos vom

Thron des Königreichs Thessalien verdrängt. Dir aber hatte er versprochen, er werde die Herrschaft an Dich abgeben, wenn Du ihm das Fell des heiligen Widders Chrysomeles, das Goldene Vlies, aus Kolchis am östlichen Ende des Schwarzen Meers holst.

Zusammen mit fünfzig Freunden – alles kräftige Ruderer – hattest Du auf der Reise dorthin einige gewaltige Abenteuer zu bestehen, aber schließlich hattet ihr Euer Ziel doch erreicht. Der dort herrschende König Aietes erklärte sich bereit, das Goldene Vlies herauszugeben, sofern Du einige schwierige Prüfungen mit Kraft und Mut bestehen würdest. Dabei wurdest Du heimlich mit Zaubersäften unterstützt von Medea, seiner Tochter, die von Anfang an ein Auge auf Dich geworfen hatte. Auch beim Raub des Widderfells von der heiligen Eiche am Tempel des Zeus war sie Dir behilflich.

Weil sie den Zorn ihres Vaters befürchten musste, nahmst Du sie in Deinem Boot mit auf die Rückreise. Aietes schickte Euch seine Kriegsschiffe nach, und so geriet Euer Heimweg zu einer einzigen Flucht. Nach Weisung der Göttin Aphrodite solltet ihr, um den Verfolgern zu entkommen, das Schwarze Meer verlassen und über das Mündungsdelta der Donau flussaufwärts rudern, um das westliche Mittelmeer zu erreichen.

Hierzu habe ich eine weitere Frage: Seid ihr diesem Rat wirklich gefolgt? Wir wissen heute, dass es weder damals möglich war noch heute machbar ist, mit dem Schiff über die Donau ins Mittelmeer zu gelangen."

Jason wirkte nicht sonderlich erstaunt über diesen Einwand und musste schmunzeln. „Natürlich wussten wir das damals nicht, weil die Geographie noch in den Kinderschuhen steckte. Wir hörten aber von Fischern aus dem Norden, die vor langer Zeit die Donau abwärts gefahren waren und im Delta gesiedelt hatten, es bestehe überhaupt keine Flussverbindung zum Mittelmeer.

Hier irrte Aphrodite, die uns diese Empfehlung gegeben hatte. Wären wir ihrem Rat gefolgt, hätte unsere ohnehin recht mühsame Fahrt spätestens jenseits des großen Gebirges an den Quellen der Donau oder des Inns unweigerlich ihr Ende gefunden. Der angeratene Umweg ist offenbar in späterer Zeit von irgendwelchen Barden hinzuerfunden worden und hat das Werk des Apollonios erheblich erweitert.

Wir entschieden uns damals für den gefährlicheren, aber kürzeren Weg über die Meerenge zwischen dem Schwarzem Meer und dem Bosporus. Dort waren die Kyanischen Felsen zu passieren, die unerwartet und mit großer Wucht zusammenschlagen und dabei ganze Schiffe zerschmettern konnten. Dieses tückische Hindernis, das wir bereits auf dem Hinweg heil gemeistert hatten, schafften wir mit Mut und Glück auch diesmal.

So konnten wir den Verfolgern entkommen und Thessalien viel früher erreichen, als es über Umweg möglich gewesen wäre, den uns Aphrodite empfohlen hatte."

An dieser Stelle unterbrach ihn Rufus, indem er sich erneut zu Wort meldete. „Hier möchte ich zu meiner nächsten Frage kommen: Das Epos des Apollonios endet mit Eurer Heimkehr in Iolkos, schweigt aber dazu, wie ihr empfangen wurdet. Wie verhielt sich Pelias, als Du ihm das Goldene Vlies überreichtest?"

31

„Ich habe Dir schon gestern kurz mitgeteilt", entgegnete Jason, „dass er seinen Sinn geändert hatte und den Thron nicht mehr freigeben wollte. Er drohte sogar, er werde seine Krieger schicken, wenn wir Iolkos nicht sofort wieder verlassen würden. Wir waren fassungslos, uns aber auch dessen bewusst, dass wir einer solchen Übermacht nicht gewachsen waren, und legten in Richtung Süden ab.

Wir landeten in einer Bucht an der Ostküste der Peloponnes am Fuß des Burgfelsens von Akrokorinth und zogen das Boot an Land. Hier endete unsere lange beschwerliche Reise, und meine treuen Gefährten begaben sich enttäuscht auf den Rückweg in ihre Heimat.

Medea und ich aber stiegen den Felsenpfad zur Burg von König Kreon empor, der unseren beiden Familien in alter Freundschaft verbunden war, und wurden in Ehren empfangen. Wir durften am Hof bleiben und verbrachten dort unsere besten Jahre, in denen uns zwei gesunde Söhne geschenkt wurden.

Eines Tages kam Kreon auf mich zu und bot mir seine Nachfolge an unter der Bedingung, dass ich seine Tochter Glauke zur Frau nähme. Ich war unschlüssig und lehnte zunächst im Gedanken an meine Frau und unsere Kinder ab, nahm aber schließlich, geblendet vom Reiz, einen Thron zu besteigen, das Angebot doch an. Medea war zutiefst betroffen und wurde mit unseren beiden Söhnen im Burgturm untergebracht. Über das, was dann weiter geschah, soll sie am besten selbst berichten."

Medea, die bisher schweigend zugehört hatte, richtete sich langsam auf. Die Erinnerung schien sie noch zu bedrücken, aber sie nahm sich ein Herz und begann mit ruhiger Stimme: „Ich danke Dir, Rufus, dass Du uns zu diesem Gespräch eingeladen hast. Ich habe mich mit Jason, nachdem wir beide Abschied von unserem ersten Leben genommen hatten, einige Male getroffen. Er fühlte sich schuldig und bat mich inständig, ihm zu verzeihen. Mittlerweile sind wir mit uns ins Reine gekommen und erinnern uns gerne an frühere Zeiten – aber nur noch an die glücklicheren, die wir erleben durften.

Meinen Aufenthalt im Turm, der hier gestanden hat, wo wir uns gerade befinden, empfand ich als Verbannung, sah aber für mich keine andere Möglichkeit einer Bleibe, weil eine Rückkehr zur Familie nach Kolchis mein Todesurteil bedeutet hätte.

Um mir und den Söhnen ein Wohnrecht zu sichern, schenkte ich Glauke zur Vermählung ein Kleid aus golddurchwirkter Seide, das ich bei meiner Flucht von Kolchis mitgenommen hatte. Sie zog es an und tanzte voller Freude durchs hohe Megaron. Dabei kam sie dem Kaminfeuer zu nahe – das Kleid wurde von der Flamme erfasst und sie verbrannte, bevor ihr Vater Kreon ihr zu Hilfe eilen konnte.

Der glaubte an Zauberei, griff voller Zorn zum Schwert und eilte hoch zum Turm. Um mich zu schützen, liefen meine Söhne ihm entgegen und fielen ihm in den Arm. Er aber stieß sie zur Seite, sodass sie die steilen Felsen hinab in die Tiefe stürzten. Als er wie besessen auf mich zukam, konnte ich gerade noch zur Seite springen – er stolperte und fiel in sein Schwert.

Mir war sofort bewusst, dass man mir die Schuld am Tod von Glauke und Kreon geben und mir auch vorwerfen würde, meine Söhne umgebracht zu haben, um ihnen die Rache der Königsfamilie zu ersparen. Ich selbst würde als grausame Megäre angesehen werden, sodass mir, wenn ich mein Leben retten wollte, nichts anderes übrig blieb, als diesen Ort so schnell wie möglich zu verlassen."

Rufus hatte mit wachsender Fassungslosigkeit zugehört und meldete sich jetzt vordringlich zu Wort.
„Medea, was Du erlebt hast, ist mehr als eine Tragödie und raubt mir fast die Sprache. Ich erinnere mich, dass der griechische Dramatiker Euripides in seinem Bühnenwerk Dich auf spektakuläre Weise aus dieser misslichen Lage befreit. Er lässt nämlich Deinen Großvater, den Sonnengott Helios, einen Drachenwagen schicken, der Dich durch die Lüfte nach Athen entführt.
Trifft das denn wirklich zu – oder ist das nur ein dramaturgischer Kunstgriff, den der Dichter angewandt hat, weil ihm keine bessere Lösung einfiel? Zeit gab es ja genug, um darüber nachzudenken – immerhin liegen gute dreihundert Jahre zwischen dem Werk des Euripides und dem allerersten Bericht über Eure Reise durchs Schwarze Meer, der uns von Hesiod, einem Dichter aus dem griechischen Böotien, überliefert wurde."

Medea blickte Rufus mit großen Augen an und wirkte dabei fast etwas belustigt.
„Mir kommt dieser Ausgang der Tragödie zwar phantasievoll vor und mag vielleicht dem Publikum gefallen haben, aber er hat mit der harten Wirklichkeit nichts zu tun. Ich konnte auf keine Hilfe von oben hoffen und

musste mein Schicksal selbst in die Hand nehmen. Ich raffte meine Habseligkeiten und ein paar Reste von Gold, das ich aus Kolchis mitgebracht hatte, in einem Mantelsack zusammen und floh über die Kasematten der Burg ins Tal. Von einem Rossezüchter erstand ich eine kräftige Stute und ritt über die Landenge von Korinth nach Norden in Richtung Thessalien.

Vor den Toren von Iolkos kaufte ich einem Schäfer einen stattlichen Widder ab, ließ ihn schlachten und rieb sein abgezogenes Fell mit Goldpuder aus dem Abrieb einer kolchischen Münze ein. Dann verkleidete ich mich mit einem schwarzen Kapuzenumhang als bucklige alte Frau und meldete mich bei König Pelias mit dem Angebot, für seinen Hof eine Zaubervorführung zu veranstalten und mich dabei zu verjüngen.

Dieser stimmte erfreut zu, und ich ließ für mich im Innenhof einen großen Kessel mit Wasser auf ein Holzfeuer setzen, um das ich am Abend in weiten Kreisen herumtanzte. Während ich mich aus meiner gekrümmten Haltung langsam aufrichtete, zerbrach ich meinen Wanderstab, in den ich zuvor ein paar Bruchstellen eingekerbt hatte, und warf ihn zusammen mit meinen alten Kleidern – eins nach dem anderen – in den Kessel. Schließlich stand ich erhobenen Hauptes als junge Frau in einem prächtigen Gewand da und erhielt großen Beifall.

Als Zugabe kündigte ich an, ich könne dem Goldenen Vlies, das doch schon sehr mitgenommen sein müsse, wieder neuen Glanz verleihen. Pelias ließ es eilends herbeiholen und ich legte es unter meinem Mantelsack ab, in dessen Innentasche ich zuvor das goldgepuderte Wid-

derfell versteckt hatte. Nach erneuten Beschwörungs-
tänzen zog ich das neue Fell aus dem Sack hervor und
überreichte es dem König, der darüber hocherfreut war.
Das echte Goldene Vlies schob ich heimlich in die jetzt
leere Innentasche des Mantelsacks.

Danach nahmen mich die drei Töchter des Königs zur
Seite, um mich nach dem Geheimnis der Verjüngung zu
befragen. Ich erklärte ihnen, man müsse die Person, die
solches wünsche, zerstückeln und die zerkleinerten Kör-
perteile im brodelnden Wasser, in das ich meine Kleider
geworfen hatte, kochen. Die Flamme unter dem Kessel
dürfe dabei nie erlöschen, dann werde der Mensch nach
drei Tagen verjüngt dem Wasser entsteigen. Unter dem
Vorwand, noch weitere Verpflichtungen zu haben, verließ ich danach den Palast, begab mich zu meiner Stute,
die ich in einem nahen Hain angepflockt hatte, und ritt
rasch davon.

Ich gestehe, dass dies ein schlimmer Betrug war, aber für
mich heiligte der Zweck die Mittel – und der Zweck war
meine Rache an Pelias für das Unheil, das er durch
seinen Wortbruch über meine Familie gebracht hatte.
Später erfuhr ich von Phineus, dem blinden Seher und
früheren König von Bithynien, die Töchter hätten sich
beraten, wer denn am meisten einer Verjüngung bedürfe,
und sich auf ihren alten Vater geeinigt. Als er jedoch
nach drei Tagen nicht dem Wasserkessel entstieg, sei der
Schwindel offenkundig geworden. Ich aber hatte mich
längst bei Byzantion von einem Fischer über den Bosporus nach Anatolien übersetzen lassen und war auf dem
Weg nach Kolchis.

Um als allein reisende Frau nicht aufzufallen, ritt ich meist über Nacht in Richtung Osten und erreichte, ohne weiter belangt zu werden, nach mehreren Wochen meine Heimat. Dort gab ich mich nicht gleich zu erkennen, sondern erst, als ich erfuhr, dass mein Vater in der Zwischenzeit verstorben war. Im Volk verzieh man mir den Raub des Goldenen Vlieses und jubelte laut, als ich es wieder an der Eiche des Zeus aufhängte. Fortan durfte ich meinen früheren Dienst als Priesterin im Tempel von Hekate, der Göttin der Magie, wieder aufnehmen und versah ihn bis zu meinem Lebensende."

Rufus war tief berührt von Medeas bewegenden Bericht und voller Bewunderung für ihren heldenhaften Mut. Dann wandte er sich an Jason: „Jetzt möchte ich aber auch hören, wie es Dir nach diesen dramatischen Ereignissen auf Akrokorinth ergangen ist. Dir gehörte zwar der Thron, aber Du hattest Deine Frau und die beiden Söhne, die neue Braut und den Schwiegervater verloren und warst mit einem Mal zum einsamsten Menschen der Welt geworden. Wie ging Dein Leben denn weiter?"

Jason schwieg zunächst und wirkte wie tief in Gedanken versunken. Dann fand er langsam wieder Worte und begann: „Ich war lange Zeit völlig niedergeschlagen und wurde mir immer mehr bewusst, dass die Darstellung der Königsfamilie, Medea sei eine Mörderin, falsch war. Ich erkannte, dass sie das Opfer und nicht die Täterin war, und bereute, mich um der Macht willen von meiner Familie getrennt zu haben. Es folgten trostlose Jahre ohne jede Lebensfreude, in denen sich auch ein schleichender Niedergang meiner Herrschaft bemerkbar machte.

Eines Tages sah ich, wie in der Ebene eine mächtige Streitmacht auf uns zukam und Akrokorinth belagerte. Es war Akastos, der Sohn des Pelias, der mit seinen Thessaliern Rache für den Tod seines Vaters nehmen wollte. Die Burg war durch ihre Lage auf dem hohen Felsen so gut wie uneinnehmbar, aber je länger die Belagerung dauerte, desto mehr schwanden die Vorräte, bis sie eines Tages erschöpft waren. Die Männer murrten, und so musste ich bei Nacht und Nebel mit einer Schar von wenigen Getreuen über einen Geheimgang in den Kasematten die Burg verlassen.

Ich zog mit dem kleinen Trupp an den Strand, wo ich vor Jahren mit meinen Gefährten an Land gegangen war, und fand dort unser altes Boot vor, das trotz der langen Zeit noch seetüchtig zu sein schien. Ich ließ es ins tiefere Wasser ziehen und aufs freie Meer hinausrudern. Dort kam eine frische Brise auf, und als ich versuchte, den Mast aufzurichten, rissen die morschen Taue und der umstürzende Baum erschlug mich.

Das war kein rühmlicher Tod für einen, der zu früheren Zeiten als Held gegolten hatte – die Moiren hatten als gnadenlose Schicksalsgöttinnen für die Bestrafung meiner Untreue gesorgt. Meine Männer bestatteten mich unten am Strand und bedeckten mein Grab mit einem Hügel von Feldsteinen."

Rufus fühlte sich von dieser Mitteilung sehr betroffen, hatte aber das Gefühl, dass Jason dieses Ende vielleicht sogar als Erlösung empfunden haben könnte.

„Jason", wandte er sich an ihn, „ich danke Dir, dass Du so offen über Dein Schicksal gesprochen und Deine Schuld so schonungslos eingestanden hast. Ich bin sehr erleichtert darüber, dass Ihr Euch auf dieser zweiten Seite des Lebens wieder gefunden habt, und empfinde es als großherzig von Medea, dass sie Dir verziehen hat. Lebt wohl, Ihr beiden! Es würde mich freuen, wenn wir uns irgendwann einmal wiedersehen würden."

Der Mond war mittlerweile nach Westen weitergezogen, und im Osten zeigte sich über der fernen Küste von Attika ein heller Streifen, der den Sonnenaufgang ankündigte. Medea hob die Hand zum Gruß und tauchte in eine lichte Wolke ein, die inzwischen herangezogen war. Jason hatte es nicht weit und nahm zu Fuß den schmalen Felsenpfad, der hinab zu seinem Grabhügel am Strand führte.

Rufus sah den beiden nach und rief dann eine Wolkenbank herbei, die kurz darauf zur Stelle war. Diese trug ihn in raschem Flug nach Norden über ein dichtes Wolkenmeer, das im frühen Licht einem weißen Watteteppich glich. Sie überquerte das große Gebirge und setzte ihn auf seiner Kuppe in Rieden ab, als die Sonne soeben über die dunklen Höhenzüge am See getreten war.

Er ließ sich auf der Bank bei der Birke nieder und lauschte, während er nochmals über die bewegenden Geschicke von Medea und Jason nachdachte, dem munteren Morgengesang der Vögel in den Baumwipfeln.

Am Felsenkegel von Matiana

Am Abend traf sich Rufus mit Mathilde, um ihr von seinem Treffen in Akrokorinth zu berichten. Sie war recht angetan davon, die wahre Geschichte von Medea zu erfahren, weil sie diese auf dem Lyzeum nur aus der Tragödie des Euripides und damit ganz anders kennengelernt hatte. Von Jasons weiterem Schicksal hatte sie dagegen noch nie etwas gehört, sondern sich ihn immer als wahre Lichtgestalt vorgestellt, die große Heldentaten vollbracht hatte. Sie wirkte sichtlich erleichtert darüber, dass Medea in Wahrheit unschuldig war, und hielt ihre Rache an Pelias für seinen Wortbruch für moralisch gerechtfertigt. Für Jasons Untreue dagegen zeigte sie weniger Verständnis, war aber von seinem tragischen Ende doch sehr betroffen und ließ sich angesichts seiner Einsicht mit seinen Fehlern nachsichtig stimmen.

Für Rufus war diese Reise ein ermutigender Ansporn für ein weiteres Treffen zur nächsten Vollmondphase. Er dachte lange nach, was ihn in letzter Zeit immer wieder beschäftigt hatte, und erinnerte sich mit einem Mal an eine Kulturreise, die ihn vor vielen Jahren nach Kappadokien in Zentralanatolien geführt hatte. Dazu hatten ihn Bilder von bizarren Landschaften mit hohen Felsentürmen motiviert, in die man im Mittelalter Höhlen für Kirchen und Klöster, aber auch für Wohnräume eingeschlagen hatte. Am meisten beeindruckte ihn aber vor Ort die Vielfalt der Fresken, mit denen unbekannte Maler die vielen Höhlenkirchen der Region ausgeschmückt hatten.

Eines Tages hatte er bei einer Exkursion zu einem Kir-
chen- und Klosterensemble im *Tal der Zwiebelblüten* in
einer kleinen Höhlenkirche neben der Darstellung von
Heiligen das eindrucksvolle Porträt eines Mannes mit
Turban und Kaftan entdeckt. Auf seine Rückfrage erklärte ihm der Reiseleiter, dies sei das Bild des Kirchen-
stifters Michael *Skepides*. Dieser sei zwar im christlichen Byzanz geboren, aber am Hof des seldschukischen
Sultans im kappadokischen Kaisareia als Beamter angestellt gewesen. Auf die Frage, wer denn dieses hoch-
wertige Porträt gemalt habe, konnte der Reiseführer nur
auf eine Legende verweisen. Danach werde dieses Bild
einer Kirchenmalerin namens *Chariklia* zugeschrieben,
die sich vor achthundert Jahren um die Fresken vieler
kappadokischer Höhlenkirchen gekümmert haben soll.

Je mehr Rufus darüber nachdachte, desto größer wurde
sein Wunsch, diesen Kirchenstifter kennenzulernen und
von ihm mehr über Chariklia zu erfahren. Als sich im
April am Nachthimmel die Scheibe des Vollmonds rundete, stieg er abends auf seine Hügelkuppe und dachte
mit aller mentalen Kraft an die Figur des Michael Skepides, wie er sie vom Fresko mit seinem Porträt in Erinnerung hatte. In Gedanken rief er ihn beim Namen,
konnte als Zielort aber nur *Kappadokien* angeben.

Es dauerte einige Zeit, bis er plötzlich eine Stimme vernahm: „Ich bin Michael Skepides aus Sinasos in Kappadokien und melde mich aus Konstantinopel. Wer ist es,
der nach mir ruft, und was ist der Grund, warum er mit
mir sprechen will?"

Die Antwort folgte rasch: „Ich bin Rufus aus einem Land im Norden jenseits der großen Gebirge. Es freut mich, dass mein Ruf bei Dir angekommen ist und Du mir antwortest. Ich habe Dein Bild in der Kirche gesehen, die Du im *Tal der Zwiebelblüten* gestiftet hast. Dort sagte man mir, Du hättest einer Kirchenmalerin namens Chariklia den Auftrag erteilt, diese vom Verfall bedrohte Höhlenkirche wieder instand zu setzen. Meine Frage an Dich ist: Gab es diese Malerin tatsächlich – oder ist dies vielleicht nur eine Legende?"

„Chariklia gab es wirklich", kam es zurück, „und sie war in der Tat eine große Künstlerin. Sie hat eine Malschule mit zwölf Waisenmädchen um sich versammelt und mit ihnen die Höhlenkirchen Kappadokiens betreut. Aber das ist eine lange Geschichte, die zu erzählen einige Stunden dauern könnte.
Wenn Du willst, können wir uns dazu gerne in Kappadokien treffen, am besten beim Eingang zum Kirchental von Matiana. Dort triffst Du als erstes auf einen Felsenkegel namens *Koryphí*, wo Chariklia viele Jahre gelebt hat – vielleicht gleich morgen um Mitternacht?".

„Damit bin ich einverstanden", stimmte Rufus begeistert zu, „aber wäre es möglich, dort auch Chariklia zu treffen? Ich habe viele Höhlenkirchen in Kappadokien besucht und würde mich freuen, der Frau zu begegnen, der es zu verdanken ist, dass diese wunderbaren Bilder auch noch zu unserer Zeit zu bewundern sind."

„Das will ich gerne mit ihr vereinbaren, und ich habe keinen Zweifel, dass auch sie da sein wird", war die Antwort. „Dazu solltest Du vielleicht folgendes wissen: Wir sind beide vor gut achthundert Jahren in Konstantinopel geboren und mussten als junge Kinder mit der Familie und Freunden vor den venezianischen Eroberern über den Bosporus nach Anatolien fliehen. Wir trafen uns aber erstmals in Kappadokien, das in der Mitte dieses Landes liegt, als wir schon viele Jahre dort lebten. Unsere Grabstätten befinden sich allerdings wieder in unserer Geburtsstadt Konstantinopel, und zwar – fast wie durch höhere Fügung – direkt nebeneinander bei der alten Chora-Kirche. Der Friedhof ist heute zwar aufgelassen, aber an seiner Mauer befinden sich noch unsere Initialen, die von unseren Freunden dort eingemeißelt wurden – für Chariklia ein *X* für das griechische *Chi* und für mich ein *M* für das *My*. Bis dorthin war es für uns beide ein weiter Weg, den wir zu meinem Leidwesen auf getrennten Pfaden gehen mussten. Dazu kannst Du aber morgen mehr erfahren. Bis dahin – lebe wohl!"

Allein schon diese erste Mitteilung empfand Rufus als ebenso spannend wie bewegend und konnte den nächsten Abend kaum erwarten. Der Tag begann mit einem morgendlichen Regenschauer. Dann aber trat am Nachmittag die Sonne durch die Wolkenlücken, und zum Abend hin klarte der Himmel endgültig auf. Später, als die Dämmerung fortgeschritten war, stieg Rufus auf die Hügelkuppe und erblickte die letzten hellen Streifen am Horizont. Er rief eine Wolke herbei, die sich nach kurzer Zeit von Westen her näherte und ihn aufnahm.

Er dachte als Ziel an *Koryphí* bei Matiana in Kappadokien und die Wolke zog – wie vor vier Wochen – über die Alpen und die Balkanländer nach Südosten. Er sah wieder auf das Lichtermeer der großen Städte herunter, und als er Athen hinter sich gelassen hatte, ging es über das Ägäische Meer und Izmir ins Landesinnere der Türkei. Er sah unter sich einen großen Salzsee, der im Mondlicht hell schimmerte, und wurde dann entlang einem Flusslauf in eine Bergregion getragen. Am Eingang zu einem Hochtal setzte ihn die Wolke am Fuß eines gewaltigen Felsenkegels ab, zu dem ein schmaler Treppenpfad hinaufführte – das musste *Koryphí* sein!

Er stieg langsam zu einer Terrasse vor einem großen Felsentor empor, wo er im Mondschein zwei Gestalten wahrnahm. Es war eine Frau, angetan mit einer blauen Malerkutte, unter deren Kapuze ihr langes dunkles Haar hervortrat, und ein Mann mit kurzem Bart, der einen hellen Turban zu einem edlen Kaftan trug. Beide hoben zum Willkommen die Hand und Rufus begrüßte sie, indem er sie beim Namen ansprach und seine Freude darüber ausdrückte, dass diese Begegnung zustande gekommen war.

Michael schlug vor, zunächst einen Blick in das Innere der Höhlenwohnung zu werfen. Sie traten durch das Tor in einen geräumigen, in den Felsen geschlagenen Vorraum, von dem aus die Zugänge zu zahlreichen Räumen und Kammern führten und in dem sich auch eine große Feuerstelle unter einem Kaminsturz befand.

„Dies war für mehr als fünfzig Jahre mein Zuhause", begann Chariklia. „Hier habe ich als junges Mädchen begonnen, aus gesammelten Pflanzen und bunten Mineralien mit geronnener Milch und Eiern von wilden Hühnern Malfarben zu mischen, um damit Wandbilder in den Höhlenkirchen der Umgebung auszubessern. Im Lauf der Jahre zeigten sich immer wieder junge Mädchen bei mir, die als Vollwaisen für einen Hungerlohn bei Bauern arbeiten mussten und mir bei meiner Arbeit in den Kirchen zusahen. Einige bettelten darum, ich solle sie mitnehmen und ihnen die Kirchenmalerei beibringen, und so waren es schließlich zwölf Schülerinnen, die mit mir durchs Land zogen und wegen ihrer Arbeitskutten im Volk als die *Blauen Mädchen* bekannt wurden.
Bevor wir uns jetzt draußen auf der Terrasse niederlassen, will ich Dir noch den ersten Kirchenraum zeigen, den ich selbständig entworfen und ausgemalt habe. Der Eingang ist dort drüben, wo ich früher auch meinen Arbeitsplatz mit den Regalen für meine Farbtöpfe, die Bildvorlagen und die selbstgebundenen Pinsel hatte."

Durch einen schmalen Gang betraten sie einen hohen, von einer Ölschale erleuchteten Kirchenraum, dessen seitliche Bänke und Halbsäulen sorgfältig aus dem Stein herausgearbeitet waren. Die hintere Chorwand war beherrscht von einem Bild Christi als Pantokrator in einer Mandorla, das Chariklia entworfen hatte, wobei Rufus vom durchdringenden Blick des Weltenherrschers tief beeindruckt war. Die steinerne Chorschranke vor dem Altarraum war von den Malschülerinnen kunstvoll mit phantasievollen Blüten und ornamentalem Rankenwerk

45

gestaltet worden. Sie traten wieder ins Freie und nahmen dort auf einer halbrunden Steinbank Platz. Rufus bat als erster ums Wort und schlug vor, Chariklia möge von Anfang an erzählen, wie sie hierher kam und zur Kirchenmalerei fand.

„Rufus, das ist eine lange Geschichte – aber ich will versuchen, mich auf die Ereignisse zu beschränken, die mich entscheidend geprägt haben", begann sie nach kurzem Schweigen. „Wie Du schon gehört hast, bin ich in Konstantinopel geboren, und zwar noch in der Blütezeit der Metropole, bevor die venezianischen Kreuzfahrer mit ihren übermächtigen Schiffen ankamen und die Stadt nach hartnäckiger Belagerung einnahmen.
Ursprünglich waren sie zu Beginn des dreizehnten Jahrhunderts in Venedig zum Vierten Kreuzzug aufgebrochen, hatten sich dann aber für einen Umweg über das reiche Konstantinopel entschieden, um die Stadt zu erobern und sich ihrer sagenhaften Schätze zu bemächtigen. Dies gelang ihnen im Schicksalsjahr 1204. Doch anstatt mit ihrem Raubgut die ruinierte Stadt wieder aufzubauen, behielten sie alles für sich und ließen die Bevölkerung hungern. So entschlossen sich viele Handwerker, über den Bosporus nach Anatolien zu fliehen, um sich dort nach Arbeit umzusehen.
Mein Vater hatte als Kirchenmaler in den zahlreichen Gotteshäusern Konstantinopels für ein bescheidenes Auskommen der Familie gesorgt und mich bereits im frühen Kindesalter mit an seinen Arbeitsplatz genommen. Unter seiner Anleitung lernte ich, Farben anzumischen, die ich ihm dann zureichen durfte. Während

der Belagerung durch die Kreuzfahrer gingen mehrere Stadtviertel in Flammen auf, denen auch meine Eltern zum Opfer fielen. Gute Freunde unserer Familie nahmen mich als Vollwaise bei sich auf, und als diese sich entschlossen, die Stadt zu verlassen und hinüber nach Anatolien zu ziehen, ging ich mit ihnen.

Es war eine kleine Schar von Maurern, Steinmetzen und Zimmerleuten mit ihren Familien, die als erste Stadt in Anatolien Chalzedon erreichten und sich auf dem Markt nach Maultieren zum Transport ihrer Werkzeuge umsahen. Dort erfuhren sie von fahrenden Händlern, in Kappadokien, einem Land in der Mitte Anatoliens, gebe es genügend Arbeit für Bauleute, weil die Bevölkerung dort in Felsenwohnungen lebe, in denen immer etwas instand zu setzen sei. Diese Region werde von den Rum-Seldschuken beherrscht, die aber mit der christlichen Bevölkerung in gutem Einvernehmen lebten.

Mit diesem Ziel wanderte unsere kleine Karawane wochenlang durch Flusstäler und über hohe Gebirgspässe nach Süden, musste in Ankyra überwintern und erreichte endlich zu Beginn des Frühjahrs die bizarre Felsenlandschaft Kappadokiens. Dort wohnten die Leute in Behausungen, die in den Fels geschlagen waren, und waren weithin als Züchter edler Pferde bekannt. Man sagte uns, das Land sei auch reich an Gotteshäusern, die als Felsenkirchen mit prächtigen Fresken ausgestattet seien.

Hinter dem Ort Matiana zogen wir ein steiles Felsental hinauf und begegneten vor einer großen Höhlenkirche einem freundlichen Mönch. Der erklärte uns, oben im Talschluss gebe es noch weitere Felsenkirchen, die von Eremiten und Nonnen betreut würden. Als er hörte, dass wir eine Bleibe suchten, zeigte er uns in der Nähe einen mächtigen Felsenkegel, dessen Wohnhöhlen vor einiger Zeit von einer bäuerlichen Großfamilie verlassen worden waren und seither leer standen.

Dies wurde unser neues Zuhause, das von unseren Handwerkern in kurzer Zeit wohnlich gemacht wurde und das wir wegen seiner Kegelform *Koryphí* nannten. In den folgenden Jahren zogen unsere Männer als Bautrupp durchs Land, während ich begann, in der Umgebung Färbepflanzen und bunte Steine zu sammeln, um damit Malfarben anzumischen. Auf unsere Flucht hatte ich die Arbeitsgeräte meines Vaters mitgenommen und in einem Korb auf eines der Maultiere gepackt. Außer Pinseln und Farbtöpfen waren dies vor allem seine Bildvorlagen, die er auf Karton gezeichnet hatte.

Als unsere Männer eines Tages beschlossen, auch die Kirchen des Matiana-Tals instand zu setzen, bat ich darum, beschädigte Wandbilder ausbessern zu dürfen. Nach ersten Probearbeiten erhielt ich großes Lob von Mönchen und Nonnen und durfte fortan meine Arbeit nach eigenen Vorstellungen fortführen.

Dies sprach sich auch in der weiteren Umgebung herum, und so erhielt ich Aufträge auch von ferneren Orten, die ich dann zusammen mit unseren Zimmerleuten für Gerüste und Maurern für Verputzarbeiten aufsuchte. Während ich meine Malarbeiten ausführte, kamen öfters junge Mädchen aus dem Dorf und sahen mir andächtig zu. Als wir uns eines Abends wieder auf den Heimweg machen wollten, standen plötzlich zwei von ihnen da und bettelten, von uns mitgenommen zu werden. Sie müssten als Vollwaisen bei einem Großbauern für wenig Lohn schwere Feldarbeit verrichten und wollten unbedingt Kirchenmalerinnen werden. Da sie hartnäckig hinter uns herliefen, blieb uns nichts anderes übrig, als sie mit nach Koryphí zu nehmen.

Dies waren meine beiden ersten Schülerinnen, zu denen immer wieder weitere hinzukamen, bis die Gruppe auf zwölf angewachsen war und die Möglichkeiten zu ihrer Unterbringung ihre Grenzen erreicht hatten. Im Laufe der Zeit entwickelten die Mädchen erstaunliche Fertigkeiten, sodass sie einfachere Aufträge schon zu zweit oder dritt selbständig ausführen konnten und sehr stolz darauf waren. Sie hatten auch die Idee, sich während der Wintermonate Arbeitskutten mit Kapuzen zu nähen und blau einzufärben. Wie ich bereits sagte, wurden sie schließlich in der ganzen Region nur noch *Die Blauen Mädchen von Koryphí* genannt.

Einen ersten Großauftrag erhielten wir von den Mönchen des fernen *Peristrema*-Tals im Süden des Landes, wo wir bei den Instandsetzungsarbeiten in den Höhlenkirchen zwei ganze Sommer verbrachten. Sie lagen beiderseits an den Hochufern eines idyllischen Flüsschens, an dessen Rand wir unsere Zelte aufschlagen konnten und eine herrliche Zeit verbrachten.

Eines Tages hörte ich bei einem Marktbesuch von einem weit entfernten Kirchental, das südlich in einer kargen Bergregion liegen sollte. Ich entschloss mich zu einem Erkundungsritt mit der Stute, die ich mittlerweile erstanden hatte, und fragte mich nach dem *Tal der Zwiebelblüten* durch, das ich nach zwei Tagen erreichte.

Ich ritt zum Talschluss hoch und traf auf zwei Klöster und eine stattliche Anzahl von Felsenkirchen mit wunderbaren Wandbildern, von denen jedoch einige stark beschädigt waren. Dort begegnete ich einer Nonne, die sich mir als Katharina vorstellte, und einem Mönch namens Chrysostomus, denen ich anbot, mit meiner Malschule die Fresken auszubessern und von unseren Handwerkern bauliche Mängel beheben zu lassen. Beide waren hoch erfreut, und ich schlug vor, mit den Arbeiten im nächsten Frühjahr zu beginnen.

Als die Tage wieder länger wurden und der Winter sich auf die Berggipfel zurückgezogen hatte, packte ich mit ein paar Mädchen unsere Pinsel und Farbtöpfe auf Maultiere. Begleitet wurde unsere Karawane von zwei unserer Männer, einem Maurer und einem Steinmetz, die sich bereit erklärt hatten, eine verfallene Holzbrücke und ein paar Mauern instand zu setzen. Als wir das *Tal der Zwiebelblüten* hinaufzogen, wurde uns klar, woher dieses seinen Namen hatte – an beiden Ufern des Bergbachs breiteten sich dichte Teppiche von wilden Tulpen, Krokussen, Narzissen und Hyazinthen aus.

Oben wurden wir herzlich willkommen geheißen und begannen mit unseren Arbeiten in der *Hirsch*-Kirche, die von den Nonnen betreut wurde. Von ihr erzählte uns Katharina, sie sei nach dem Heiligen Eustathios benannt, der auf der Jagd nach einem Hirsch plötzlich das Kreuz Christi in dessen Geweih erstrahlen sah. Gestiftet sei sie vor langer Zeit von einem Konsul namens Johannes *Skepides*.

Wir waren schon einige Zeit mit Ausbesserungen der Jagdszene beschäftigt, als eines Tages ein Reiter das Tal herauf kam und unsere Kirche betrat. Er trug einen Turban und einen edlen Kaftan und sah aus wie ein seldschukischer Hofbeamter. Er stellte sich aber auf Griechisch als Michael *Skepides* vor und blickte verwundert auf die Mädchen in den blauen Kutten.

Dies war unsere erste Begegnung mit Michael, der von uns wissen wollte, in wessen Auftrag wir hier arbeiteten. Katharina, die hinzugerufen worden war, erklärte ihm alles. Er bestätigte, er wisse wohl, dass diese Kirche vor zweihundert Jahren von seiner Familie gestiftet worden sei, aber auch, dass sich schon seit langem niemand mehr um deren Erhaltung gekümmert habe. Dies sei auch der Grund, weshalb er heute vom nahen Sinasos, wo er der Gemeinde vorstehe, hierhergekommen sei. Katharina war erfreut, ein Mitglied der Stifterfamilie gefunden zu haben, und bat ihn, doch zum gemeinsamen Abendessen hier zu bleiben und dabei von sich und seiner Familie zu berichten.

Rufus – ich denke, ich habe vorerst genug von mir erzählt, und will jetzt Michael zu Wort kommen lassen, damit Du auch von ihm erfährst, woher er stammt und wie er in dieses Land gekommen ist."

„Ich danke Dir, Chariklia, für diesen ebenso ergreifenden wie ausführlichen Rückblick auf Dein Leben", begann Michael, „und will Rufus gerne auch mit meiner Lebensgeschichte bekannt machen.

Wie Du schon weißt, stamme ich aus Konstantinopel und habe dort – ebenso wie Chariklia – eine unbeschwerte Kindheit verbracht. Mein Vater war als Haushofmeister am Palast von Theodor Laskaris, dem byzantinischen Kaiser, angestellt. Dieser musste nach der Eroberung der Metropole durch die Venezianer mit dem gesamten Hofstaat nach Anatolien fliehen, wo er in Nikaia als Exilkaiser residierte. Dort wuchs ich wohlbehütet auf, hatte einen Privatlehrer und wurde nach der Schulzeit auf die kaiserliche Militärschule geschickt, um zum Offizier ausgebildet zu werden.

Mein wahrer Wunsch war es jedoch, Arzt zu werden, und so wurde ich als junger Mann trotz schwerer Bedenken meiner Eltern und meines Lehrers an die große Medizinschule in Esfahan geschickt, die zweihundert Jahre zuvor von einem berühmten Perser namens Ibn Sina gegründet worden war. Nach fünf Jahren der Ausbildung wurde ich als Heilkundiger freigesprochen und trat über Aleppo die Heimreise an.

Im kappadokischen Kaisareia sprach ich am Hof des Sultans vor und wurde mit etwas Glück als Leibarzt angestellt. Ich heiratete eine seldschukische Prinzessin, die mir drei Töchter schenkte, leider aber kurz nach der Geburt des dritten Kindes verstarb.

Nach dem Tod des Sultans kündigte ich meine Tätigkeit am Hof auf und zog nach Sinasos, wo einige Familien meiner weitläufigen Verwandtschaft ansässig waren. Als Arzt erwarb ich mir dort großes Ansehen und wurde wegen meiner besonderen Kenntnisse zum Vorsteher der Gemeinde bestellt.

Es ist wohl einem glücklichen Zufall zu verdanken, dass ich an jenem Tag die Hirsch-Kirche, die mein Urahn Johannes Skepides gestiftet hatte, aufsuchen wollte. Der Mönch Chrysostomos bot mir an, in seinem Kloster zu übernachten, damit ich am folgenden Tag auch die anderen der hiesigen Kirchen besichtigen könne. Dies tat ich dann auch und war von deren Wandbildern begeistert. In einer davon, die man die *Schwarzkopf*-Kirche nannte, fand ich aber die Fresken in einem völlig desolaten Zustand vor. Spontan bot ich an, mich um Spenden zu ihrer Neugestaltung zu bemühen, und sprach beim Abschied die Hoffnung aus, bald mit guten Nachrichten wiederzukommen.

Als Chariklia mit ihren Blauen Mädchen im nächsten Frühjahr wieder zum *Tal der Zwiebelblüten* zog, machte sie in Sinasos Halt, um mich aufzusuchen. Ich musste eingestehen, dass die Spendensammlung in der Region vorerst noch schleppend verlief, gab mich aber dennoch zuversichtlich. Hin und wieder ritt ich das Tal hoch, um mich nach dem Fortgang der Arbeiten zu erkundigen und mit der Malertruppe ein kleines Fest zu feiern.

Leider wurden deren Einsätze durch drohende Einfälle der Mongolen in Kappadokien verzögert, welche Reisen durch das Land unsicher machten. Als nach drei Jahren endlich Ruhe eingekehrt war, ging Chariklia wieder ans Werk und bat mich einige Male, auf der Bank vor der Kirche still zu sitzen, da sie von mir ein Stifterbild zeichnen wollte. Bei der letzten dieser Sitzungen erzählte ich ihr, dass meine drei Töchter jetzt durch Heirat außer Hauses seien und ich mich in Sinasos sehr einsam fühle. Als ich ihr den Antrag machte, zu mir in mein geräumiges, aus Stein erbautes Haus zu ziehen, war sie überrascht und dankte mir, wollte sich aber erst entscheiden, wenn sie ihre Arbeiten hier zu Ende geführt habe.

Dann kam endlich der große Tag, an dem Chrysostomos die Einweihung der Stiftungskirche vornehmen sollte. Es waren einige Mädchen und Handwerker aus Koryphí und mehrere Wallfahrer aus der Region gekommen, aber auch die Eremiten aus den Bergklausen ringsum waren alle da. Nach Ende der feierlichen Zeremonie wurden die Gäste zu einem heiteren Festmahl im Freien eingeladen, für dessen Ausrichtung ich Katharina und Chrysostomos kräftig unterstützt hatte.

Es gingen einige Jahre ins Land, in denen ich auch eines Tages ins Tal von Matiana hoch ritt, um die Freunde in Koryphí wiederzusehen und auch die wunderbaren Felsenkirchen ihres Tales kennenzulernen. Einige Zeit später stellten sich ein paar der Malerinnen bei mir in Sinasos ein und berichteten, Chariklia sei völlig unerwartet nach Konstantinopel aufgebrochen, nachdem die überraschende Nachricht eingetroffen war, die Metropole sei vom Exilkaiser Michael Doukas *Palaiologos* zurückerobert worden. Eines Morgens habe sie ohne jede Vorankündigung ihr Pferd bepackt und erklärt, sie möchte ihre Heimatstadt noch einmal sehen, wolle aber übers Jahr wieder zurück sein. Dann sei sie losgeritten, und seither habe man nichts mehr von ihr gehört.

Als bis zum folgenden Jahr keine Nachricht von ihr eintraf, stellte sich bei mir eine Niedergeschlagenheit ein, die ständig zunahm und mir das Gefühl gab, die Mitte des Lebens verloren zu haben. Um mir Rat zu holen, ritt ich eines Tages zu Chrysostomos hoch und erzählte ihm von meiner traurigen Lage. Nach einiger Überlegung riet er mir, mit einer Pilgerfahrt nach Jerusalem meine innere Ruhe wieder zu finden. Dieser Gedanke gab mir neue Kraft, und so brach ich kurz darauf mit ein paar Maultieren und einer kleinen Gruppe von vier jungen Mönchen auf, die mich unbedingt begleiten wollten.

Über einen alten Pilgerweg durch das Peristrema-Tal zogen wir hoch zu den Pässen der südlichen Vulkanberge und erreichten nach mehreren Wochen Jerusalem. Wir verrichteten an allen heiligen Stätten unsre Gebete und üblichen Rituale und machten uns nach geraumer Zeit wieder auf den Heimweg.

In Damaskus spürte ich plötzlich den Wunsch, noch einmal die Stadt Esfahan wiederzusehen. Mit ihr verbanden mich wunderbare Erinnerungen, weil ich dort in der der von Ibn Sina gegründeten Medizinschule zum Arzt ausgebildet worden war. Ich trennte mich von meinen Gefährten, die deshalb sehr besorgt waren, und schloss mich einer Karawane an. Ich wusste zwar, dass Esfahan mittlerweile in der Hand der Mongolen war, sah darin aber keine Gefahr für mich.

Das war ein schwerer Irrtum, denn beim Betreten der Stadt wurde ich sofort festgenommen und dem Ilkhan vorgeführt. Dieser befragte mich argwöhnisch, weil er mich wohl für einen Spion hielt, änderte aber seinen Sinn, als er hörte, dass ich ausgebildeter Heilkundiger sei. Er bot mir an, er würde mich als Leibarzt am Hof einstellen mit der Auflage, ich dürfe den Palast nicht verlassen. Da mir keine andere Wahl blieb, willigte ich ein und erwarb mir mit meiner Tätigkeit nicht nur hohes Ansehen, sondern auch beachtliche Einkünfte.

Nach einigen Jahren gelang es mir, bei einem großen Fest am Hofe in den Kleidern eines Bediensteten zu entkommen. Ich erwarb mir ein Maultier, schloss mich einer Karawane an und erreichte über Antiochia und Tarsus Kappadokien und das Tal der Zwiebelblüten.

Die Freude der Nonnen und Mönche, die mich nach der langen Zeit schon aufgegeben hatten, war unbeschreiblich. Sie mussten mir aber auch mitteilen, sie hätten von Leuten aus *Koryphí*, die eine Bittwallfahrt um meine und Chariklias heile Rückkehr unternommen hatten, folgendes erfahren: Auf dem Markt von Matiana habe ihnen ein fahrender Händler mitgeteilt, in Konstantinopel gebe es eine ältere Frau in einer blauen Kutte, die von Kirche zu Kirche ziehe und von den Malern wegen ihrer guten Ratschläge sehr geschätzt werde.

Ich hatte keinen Zweifel – das konnte nur Chariklia sein. Ich ritt nach Sinasos hinunter, übergab das Haus meinem treuen Verwalter und erstand auf dem Markt für eine Hand voll Silberlinge ein gutes Pferd. Nach wenigen Tagen erreichte ich die Hafenstadt Smyrna am Ägäischen Meer, verkaufte mein Reittier und nahm auf einem Kauffahrtei-Schiff eine Passage nach Konstantinopel.

Als ich die Stadt betrat, war ich bestürzt vom Ausmaß der Verwüstungen, die durch die Venezianer angerichtet worden und noch immer nicht behoben waren. Ich meldete mich im Palast und erfuhr vom freundlichen Haushofmeister, er habe sehr wohl von einer *Blauen Frau* gehört, über die vielleicht der Mönch Makarios, der die Kirche am Blachernen-Palast betreue, mehr wisse.

Ich folgte seiner Wegbeschreibung und traf tatsächlich den Mönch im Innenhof der Blachernen-Kirche an. Der hörte mich an und berichtete, Chariklia habe hier das alte Gnadenbild der *Blachernotissa* instand gesetzt und sei bei den Kirchenmalern der Stadt wegen ihres Wissens sehr gefragt gewesen. Zuletzt habe sie in der nahen Chora-Kirche gearbeitet und sei plötzlich nicht mehr gesehen worden. Schließlich habe man sie in einer dunklen Nische dieses Gotteshauses wie schlafend vorgefunden. Sie sei still von der Welt gegangen und an der Friedhofsmauer der Chora-Kirche beigesetzt worden.

Ich war tief erschüttert von dieser Nachricht und dankte Makarios, der mir ein Nachtlager in einem kleinen Raum neben dem Altarbereich anbot. Von dort sah ich frühmorgens, als der erste Sonnenstrahl durchs Fenster fiel, das Gnadenbild aufleuchten, das Chariklia so wunderbar instand gesetzt hatte.

Am Morgen erklärte Makarios mir den Weg zur Grabstätte und schenkte mir zum Abschied ein kleines Pilgerkreuz, in das er die Initiale seines Namens, ein *M*, eingeritzt hatte. Ich fand das Grab sofort, weil ihre Freunde es über und über mit blauen Hyazinthen bepflanzt hatten. Ich sprach ein stilles Gebet und war bei aller Trauer, sie nicht mehr angetroffen zu haben, doch im Inneren getröstet, wenigstens ihre Ruhestätte gefunden zu haben.

Ich ging langsam zum Hafen hinunter und fand ein Handelsschiff, das gegen Mittag nach Smyrna auslaufen sollte. Nach all dem Erlebten und fühlte ich mich ziemlich müde und legte mich in einer windstillen Ecke am Oberdeck nieder, um mich auszuruhen. Dort schlief ich ein und träumte davon, ins *Tal der Zwiebelblüten* zurückzukehren und meinen Freunden zu berichten, wie ich Chariklia hier wiedergefunden hatte. Kurz darauf fand man mich wie schlafend vor, konnte mich aber nicht erwecken.

Am Pilgerkreuz, das ich fest in der Hand hielt, erkannte man, dass ich dem Mönch Makarios bekannt sein müsse, und holte diesen herbei. Ich merkte ihm an, wie betrof-

fen er war, als er sah, dass der Mensch, der eben noch sein Gast gewesen war, so plötzlich von dieser Welt gegangen war. Er ließ mich in die Blachernen-Kirche bringen, las eine Totenmesse und sorgte für meine Bestattung an der Chora-Kirche neben Chariklias Grab.
Rufus – damit will ich schließen, möchte aber Chariklia bitten, Dir noch kurz zu schildern, wie es uns jetzt geht."

„Das will ich gern mit wenigen Worten tun", meinte sie. „Mit unserem Übergang auf die andere Seite des Lebens wurde für uns ein Wiedersehen möglich. Vor rund sechshundert Jahren erlebten wir hier als erstes die dramatische Eroberung Konstantinopels durch die Osmanen und nach deren Niedergang das Aufblühen der Metropole, die man heute Istanbul nennt.
Das alles hinderte uns nicht daran, immer wieder Wolkenreisen nach Kappadokien zu unternehmen, wo wir die Kirchen aufsuchten, deren Bilder ich gerettet hatte, sodass sie sich bis zum heutigen Tag erhalten haben.
Wir wanderten durchs Tal von Matiana, das man heute *Göreme* nennt, und hinauf zum Tal der Zwiebelblüten, das heute *Soğanlı* heißt – nur das *Peristrema*-Tal hat seinen alten Namen behalten. Zu unserer Verwunderung trafen wir in den letzten hundert Jahren dort immer mehr Menschen aus aller Welt an, die wie Heerströme von Wallfahrern ankommen, um die Felsenkirchen zu sehen.
Ich hätte nie gedacht, dass meine Werke so lange Zeit überdauern und so viele Menschen anziehen würden."

Rufus war von dem, was er gehört hatte, tief beeindruckt und brauchte etwas Zeit, um seine Gedanken zu den vielen Neuigkeiten zu ordnen. Inzwischen war der Mond weiter nach Westen gezogen, und im Talschluss über den östlichen Bergspitzen begann der Himmel heller zu werden.

„Es ist für mich jetzt an der Zeit aufzubrechen", sagte er. „Ich weiß nun, dass Du, Chariklia, nicht eine bloße Legende warst, sondern dass es Dich wirklich gab und welch großartiges Lebenswerk Du hinterlassen hast. Von Dir, Michael, habe ich mit großem Respekt erfahren, welch bewegtes und erlebnisreiches Leben Du auf der Suche nach Chariklia hinter Dir hast. Ich danke Euch beiden, dass Ihr mich an den außergewöhnlichen Geschichten Eurer Schicksalswege habt teilhaben lassen, und freue mich von Herzen, dass Ihr Euch in Eurer Heimatstadt wiedergefunden habt. Es wäre mir eine große Freude, wenn wir uns eines Tages wiedersehen könnten. Lebt wohl!".

Chariklia und Michael verneigten sich und hoben zum Abschied die Hände. Dann winkten sie einer Wolke zu, die gerade hoch über dem Tal stand, und verschwanden in ihr. Rufus sah ihnen lange nach, rief dann selbst eine Wolke herbei, die sich aus einer Nebelwand im Tal löste, und wurde von ihr rasch nach oben getragen. Er blickte auf die Ägäis herab, die im Morgenlicht glitzerte, sah auf Athen und die Balkan-Städte herunter, wo die letzten Lichter erloschen, überflog die weißen Alpengipfel und landete auf seiner Hügelkuppe, als die Sonne soeben in voller Pracht über den Horizont trat.

Auf dem Gipfel der Schneekoppe

Am Abend dieses Tages saß Rufus auf der Bank unter der Birke, als Mathilde zu ihm herüberkam. Er berichtete ihr von seinem jüngsten Treffen in Kappadokien und den ergreifenden Schicksalen der Kirchenmalerin Chariklia und des seldschukischen Hofbeamten Michael Skepides. Mathilde folgte gespannt seiner Erzählung, beginnend mit der ersten Begegnung der beiden bis hin zur Kirchenstiftung und der schicksalhaften Trennung ihrer Lebenswege. Am stärksten berührt war sie vom Ende der Geschichte – nämlich den Umständen, unter denen die beiden in Konstantinopel wieder zusammenfanden.

Als Anfang Mai die umliegenden Wiesen und die Buchenwälder auf den Höhenrücken wieder in vollem Grün standen, wachte in Rufus erneut die Reiselust auf. Er überlegte hin und her, bis ihm plötzlich ein kleines, über zweihundert Jahre altes Büchlein einfiel, das er vor vielen Jahren zufällig in seinem Bücherregal gefunden hatte. Es war 1803 in Leipzig verlegt worden und handelte als Autobiographie vom Leben und den Reisen eines Zacharias Taurinius, eines in Kairo geborenen Ägypters.

Die Berichte über die abenteuerlichen Weltreisen des Autors lassen sich, wie folgt, zusammenfassen:
Der Junge war als Sechsjähriger von seinem Vater, einem Tuchhändler, auf eine Geschäftsreise nach Europa mitgenommen worden, die der Eintreibung von Außenständen säumiger Kunden dienen sollte. Die beiden kehrten aber nicht mehr nach Kairo zurück, sondern

wurden in Fürth bei Nürnberg ansässig, wo der Junge auch aufwuchs. Er machte eine Lehre als Buchdrucker durch, schlug sich aber als Vierzehnjähriger, vom Fernweh getrieben, hinter dem Rücken des Vaters nach Hamburg durch, um zur See zu fahren. Über Amsterdam kam er nach London, wo er auf einem Ostindienfahrer als Hilfsmatrose anheuerte und in Fernost zunächst in der Druckerei des Gouverneurs von Madras Arbeit fand. Als Achtzehnjähriger verdingte er sich als Steuermann und kam so nach Batavia, Japan, China, Indonesien und Ceylon. Nach fünf Jahren kehrte er nach Holland zurück und schiffte sich nach Südamerika ein, wo er als Sklavenaufseher in einer Plantage arbeitete. Dies gefiel ihm gar nicht, und so kehrte er nach Europa zurück und nahm in der Hoffnung, in Nordamerika eine Anstellung als Buchdrucker zu finden, eine Passage nach Boston.

Die Suche dort blieb jedoch erfolglos, sodass er sich auf Wanderschaft nach Cambridge, New York und Philadelphia begab, wo er aber ebenso glücklos war. Wegen knapper Mittel musste er in Neufundland französische Marinedienste annehmen und wurde dabei in Seegefechte verwickelt. Als Gefangener der Engländer nach Plymouth überführt, konnte er sich nach Übertritt zur englischen Marine von dort nach Bombay einschiffen.

Auf der Rückreise nach Europa verlor er bei einem dramatischen Schiffbruch am Kap der Guten Hoffnung seine gesamte Habe und entschloss sich kurzfristig, eine Expedition ins Landesinnere Afrikas zu unternehmen. In Begleitung eines Arztes aus Irland musste er die meisten Strecken zu Fuß bewältigen und konnte erst, als er den Nil erreichte, für die letzte Etappe ein Boot benutzen.

Nach zwei Jahren voller Abenteuer kam er in Kairo an und konnte seine Vaterstadt endlich näher kennenlernen. Seinen Plan, von dort aus mit einem Schiff nach Europa zurückzukehren, musste er wegen widriger Umstände aufgeben und war gezwungen, auf dem Landweg nach Südafrika zurückzuwandern.

Nach drei mühevollen Jahren erreichte er wieder Kapstadt und konnte sich als Steuermann auf einem Segler nach Holland verdingen. Dort nahm er nach achtzehn Jahren endgültig seinen Abschied von der Seefahrt und reiste auf der Suche nach einer Anstellung als Buchdrucker kreuz und quer durch Europa, allerdings ohne dauerhaften Erfolg.

Mit dreiunddreißig Jahren heiratete er eine junge Frau und hatte mit ihr sieben Kinder. Wegen wirtschaftlicher Engpässe seiner Familie kam er zum Entschluss, die Berichte über seine Reisen zu veröffentlichen. Diese riefen beim Publikum ein beachtliches Echo hervor, brachten ihm aber auch Zweifel und Kritik namhafter Rezensenten ein, die ihm sehr zu schaffen machten und Anlass zu mühsamen Rechtfertigungen gaben.

Die Anfeindungen kamen hauptsächlich von Seiten eines Professor Meiners aus Göttingen und eines Professor Paulus aus Jena, die hartnäckig behaupteten, der Bericht über Afrika sei eine Kompilation von Plagiaten, deren Quellen sie jedoch nicht benannten. Was ihre Kompetenz betrifft, ist festzuhalten, dass beide diesen Kontinent noch nie betreten hatten. Als Taurinius spontan bei ihnen vorsprach, um sich zu rechtfertigen, wurde er von ihnen in Geographie und Ethnologie scharf examiniert, ohne dass ihm Wissenslücken nachzuweisen waren.

Rufus war nach der Lektüre des alten Büchleins sehr betroffen, weil er das Gefühl hatte, dem Verfasser sei großes Unrecht geschehen. Einige Jahre später stieß er zufällig ein weiteres Mal auf den Namen *Taurinius*, als ihm nämlich Transkripte von Protokollen und Tagebuchnotizen in die Hand fielen, mit denen ein Johann Peter Eckermann Gespräche mit Johann Wolfgang von Goethe dokumentiert hatte. Dieser war bekanntlich zunächst vom Geheimrat als ehrenamtlicher Mitarbeiter mit der Ordnung seiner Publikationen und später mit der Verwaltung seines literarischen Nachlasses betraut worden.

In seinen Notizen befasste sich Eckermann mit einem seltsamen Besucher namens Zacharias Taurinius, der Goethe stark irritierte, als er sich 1824 unangemeldet bei ihm einstellte. Er berichtete ihm von seinen Reisen, speziell von seiner Wanderung durch Afrika, die zufällig zeitgleich mit der *Italienischen Reise* des Geheimrats begonnen hatte, aber auch von den Anfeindungen durch einige Rezensenten, welche die Wahrhaftigkeit seiner Mitteilungen angezweifelt hatten. Bevor er sich wieder empfahl, überließ er Goethe ein Exemplar seiner Reiseberichte und kündigte an, sich übers Jahr wieder einzufinden, um ihn nach seinem Urteil zu fragen.
Dieser fühlte sich damit überfordert und beauftragte Eckermann mit der Lektüre und Beurteilung des Werks. Der recherchierte mit großer Akribie die Hinweise im Text und fand unter anderem heraus, dass sowohl der Philosoph Immanuel Kant als auch der Schriftsteller Achim von Arnim sich schriftlich sehr positiv zu Tau-

rinius geäußert hatten, während Professor Paulus unbeirrt bei seinem ablehnenden Urteil blieb.

Eckermann empfahl Goethe, während seines jährlichen Sommerurlaubs in Marienbad bestimmte Kapitel zu lesen, und konnte danach feststellen, dass die Lektüre beim Geheimrat nach dessen anfänglicher Skepsis einen völligen Sinneswandel bewirkt hatte. Fortan hoffte Goethe insgeheim auf den angekündigten Besuch des Verfassers, den er jedoch vor seinem Ableben im Jahr 1832 leider nicht mehr zu Gesicht bekam.

Während der pompösen Bestattungszeremonie in der Fürstengruft zu Weimar beobachtete Eckermann einen Fremden in Reisekleidung, der als letzter, als schon alle Trauergäste gegangen waren, die Halle mit dem Katafalk aufsuchte. Als dieser sich dem Ausgang näherte, sprach er ihn an und fragte, einer Vorahnung folgend, ob er Taurinius sei. Dieser stutzte, bestätigte aber den Verdacht und berichtete, er habe vor fünf Jahren nochmals versucht, den Geheimrat zu sprechen, aber von der Schaffnerin des Hauses erfahren, dieser weile gerade zur Kur in Marienbad.

Die seltsame Erstbegegnung zwischen dem Dichterfürsten und dem Weltreisenden brachte Rufus auf den Gedanken, sich mit Eckermann in Verbindung zu setzen und anzufragen, ob er denn meine, dass Goethe an einem Treffen mit Taurinius interessiert sei. Als sich der Mond vollständig zu runden begann, stieg er eines Abends den Hügel hinauf und sandte nach kurzer Meditation einen Ruf nach Weimar ab. Es dauerte nicht lange, bis sich eine Stimme meldete: „Ich bin Johann Peter Eckermann aus Weimar. Sie haben mich gesucht und wollen mit mir sprechen. Was verschafft mir die Ehre?"

Ohne zu zögern, gab Rufus zur Antwort: „Ich bin Rufus Achheim aus Bayern und freue mich, dass ich Sie auf Anhieb finden konnte. Mein Anliegen ist folgendes:
Ich kenne die Protokolle und Notizen von Ihren Gesprächen mit dem Geheimrat, die sich auf einen Herrn namens Zacharias Taurinius beziehen. Sie werden sich erinnern, dass dieser Weltreisende eines Tages unangemeldet bei Herrn von Goethe vorgesprochen und ihn um die Beurteilung seiner Reiseberichte gebeten hatte. Diese waren von einigen Rezensenten zu Plagiaten gestempelt worden, was den Verfasser wiederholt zu Rechtfertigungen herausgefordert hatte.
Der Geheimrat war durch diesen überfallartigen Besuch höchst verstimmt, nahm aber, um den Besucher wieder loszuwerden, ein Exemplar der Reiseberichte entgegen, mit dem er sich informieren sollte. Da er jedoch nicht in Stimmung war, dieses Buch von über vierhundert Seiten zu lesen, beauftragte er Sie, dies zu tun und ihm den Inhalt zu referieren.
Dazu stellten Sie ausführliche Recherchen an, welche wohl Hinweise auf die Wahrhaftigkeit des Autors, nicht jedoch auf einen literarischen Betrug ergaben. Es gelang Ihnen sogar, Herrn von Goethe zur Lektüre einzelner Kapitel zu motivieren, die ihn schließlich von der Glaubwürdigkeit der Reiseberichte überzeugte. Des Geheimrats stille Hoffnung, deren Verfasser zeitlebens nochmals wiederzusehen, blieb leider unerfüllt.

Darum möchte ich Sie als engsten Vertrauten Goethes bitten, ihn zu fragen, ob auch er Interesse an einem Treffen mit Herrn Taurinius habe. Ihre eigene Grabstätte befindet sich ja direkt neben der Fürstengruft zu Weimar, wo der Geheimrat bestattet ist, sodass Sie ihn sicher rasch erreichen können. Sollte er zustimmen, möchte ich ihm die Wahl von Zeit und Ort unseres Treffens überlassen. Ich hoffe, seine Zusage zu erhalten, und werde mich heute Abend nochmals bei Ihnen melden."

„Ich werde mit Herrn von Goethe sprechen", war die Antwort, „und bin ziemlich sicher, dass er einverstanden sein wird. Bis später also – leben Sie wohl!"

Gleich anschließend machte Rufus einen Versuch, mit Zacharias Taurinius in Verbindung zu treten. Da er nur von Kairo als dessen Geburtsort wusste, dachte er zunächst an diesen – allerdings ohne Erfolg. Daraufhin erinnerte er sich, dass in Eckermanns Protokollen Leipzig als Wohnort vermutet worden war, und gab versuchsweise diese Stadt an. Kurz darauf ließ sich ein tiefe Stimme vernehmen: „Ich bin Zacharias Taurinius und melde mich aus Sachsen. Sie wollten mich sprechen, sagten aber nicht, in welcher Angelegenheit. Was möchten Sie von mir wissen?"

Rufus war über den gelungenen Kontakt hocherfreut und erwiderte: „Ich bin Rufus Achheim aus Bayern und freue mich, Sie gefunden zu haben. Es geht um die Berichte über Ihre Weltreisen, die mir zufällig in die Hände fielen und die ich mit großem Interesse gelesen habe. Erstaunt war ich über die hartnäckigen Anfeindungen durch einige Rezensenten, deren Kompetenz mir jedoch eher zweifelhaft erscheint.

Überraschenderweise entdeckte ich jetzt auch Ihren Namen in Protokollen, die ein Herr Eckermann von Gesprächen mit Geheimrat von Goethe aufgezeichnet hatte. Letzteren hatten Sie in Weimar unangemeldet aufgesucht, um ihn um sein Urteil zu Ihren Reiseberichten zu bitten, und hatten ihm dafür ein Exemplar ihres Werks überlassen. Dank der Recherchen seines Mitarbeiters Eckermann kam Herr von Goethe nach anfänglicher Skepsis schließlich doch zu einem Sinneswandel. Seither hegte er die Hoffnung, Sie würden nochmals zu einer Rücksprache bei ihm vorstellig werden, welche aber leider nicht mehr zustande kam.

Ich bin überzeugt, dass es ihm zeitlebens ein großes Anliegen war, Sie wiederzusehen, und habe ihm hierzu ein Treffen vorgeschlagen, dessen Zeitpunkt und Örtlichkeit er bestimmen soll. Ist es denn auch in Ihrem Interesse, seine Meinung zur Glaubwürdigkeit Ihrer Berichte zu erfahren?"

„Ich wundere mich, dass ich nicht schon selbst auf diese Idee gekommen bin", war die Antwort. „Es wäre mir eine besondere Freude, mit dem Geheimrat noch einmal sprechen zu können – ich bin mit jedem Termin einverstanden. Geben Sie mir, bitte, Bescheid, wenn er einer Begegnung zustimmt."

Rufus versprach, sich noch heute zu melden, falls er eine Zusage erhalte, und Termin und Treffpunkt mitzuteilen.

Dann nahm er Kontakt zu Johann Peter Eckermann auf und erfuhr, der Geheimrat sei von dem Gedanken sehr angetan gewesen. Er habe vorgeschlagen, sich im Riesengebirge auf der Schneekoppe zu treffen, und zwar schon morgen Abend gegen Mitternacht an der Laurentius-Kapelle neben der Gipfelbaude. Mit diesem Ort würden ihn wunderbare Erinnerungen verbinden, weil er auf einer Schlesienreise von Hirschberg aus diesen Berg bestiegen und dort ein großartiges Naturerlebnis gehabt habe. Voller Freude gab Rufus diese Nachricht an Taurinius weiter, der über diese rasche Entscheidung gleichfalls erfreut und mit dem Treffpunkt einverstanden war.

Der folgende Tag begann mit einem strahlendblauen Frühlingshimmel, an dem nachmittags malerische Kumuluswolken aufzogen und die Reiselust von Rufus steigerten. Als der volle Mond heraufzog, stieg er den Hügel empor, rief eine Wolke herbei und gab als Ziel die Schneekoppe im Riesengebirge an.

Er überflog als erstes den Lichterteppich der Landeshauptstadt und sah bald darauf das erleuchtete Karlsbad zur Linken und danach Prag zur Rechten unter sich liegen. Dann erschien linkerhand am Horizont als dunkle Silhouette der runde Rücken der Schneekoppe, an deren Gipfel ihn seine Wolke absetzte. Er blickte hinüber zur neuen Bergstation, deren Konturen sich gegen den Nachthimmel abzeichneten und eher an eine Raumstation als an einen urigen Berggasthof erinnerten. Etwas unterhalb davon entdeckte er die alte Kapelle, deren Fenster wie von einem bläulichen Schein erhellt wirkten.

Als er näher kam, nahm er zwei Gestalten wahr, die auf einer Stützmauer gegenüber der Kirchentür saßen und zu ihm herüberblickten. Sie winkten ihm zu, und er erkannte, indem er auf sie zuging, zwei Männer. Der ältere von ihnen war weißhaarig und trug zu einem taubenblauen Morgenmantel einen blassgelben Seidenschal und mausgraue Filzpantinen. Der andere hatte langes dunkles Haar und trug zu einem schwarzen Gehrock einen blauen Schal und helle Stulpenstiefel.

Er begrüßte die beiden und stellte sich vor: „Ich bin Rufus Achheim aus Bayern und freue mich, dass Sie sich hier eingefunden haben.
Ich darf Sie, Herr von Goethe, als ersten begrüßen und empfinde es als große Ehre, Sie persönlich kennenlernen zu dürfen.
Ebenso respektvoll möchte ich Ihren tüchtigen Mitarbeiter, Herrn Eckermann, willkommen heißen und ihm aufrichtig dafür danken, dass er auf meinen Vorschlag zu diesem Treffen so spontan eingegangen ist.
Dass dieses wirklich zustande kommen wird, habe ich noch gestern Abend Herrn Taurinius mitgeteilt, der wohl auch bald eintreffen dürfte.
Herr Geheimrat, darf ich vorweg in der Zwischenzeit nachfragen, was es mit der Erinnerung auf sich hat, die Sie bewogen hat, für unsere Zusammenkunft ebendiesen Ort zu wählen?“

„Diese Frage will ich Ihnen gerne beantworten, Herr Achheim“, erwiderte Goethe, „denn diese Erinnerung gehört wirklich mit zu den schönsten in meinem früheren Leben.

Es war im August 1790, als ich von Breslau aus zu Pferd eine Erkundungsreise durch Schlesien unternahm. Ich wollte Gesteinsarten und Pflanzen studieren, wobei mich die Vielfalt der Enzianarten immer wieder von neuem begeisterte. Vom Hirschberger Tal aus erblickte ich erstmals die Nordflanke der mächtigen Schneekoppe und beschloss eine Besteigung.

Auf halber Höhe nächtigte ich in der Hampel-Baude auf einem kargen Strohlager und stieg frühmorgens zum Gipfel auf. Droben wurde ich Zeuge eines unvergleichlichen Sonnenaufgangs, wie ich ihn noch nie erlebt hatte – nicht einmal auf meiner Italienischen Reise, von der ich zwei Jahre zuvor zurückgekehrt war."

„Der Herr Geheimrat hatte hier wirklich großes Glück", warf Eckermann ein, „denn der Gipfel der Schneekoppe ist bekanntermaßen gerade morgens sehr häufig in Wolken gehüllt – zur großen Enttäuschung vieler Wanderer."

Inzwischen war vom Hirschberger Tal her eine Wolkenbank hochgeschwebt und hatte am Fuß der Bergstation Halt gemacht. Kurz darauf tauchte dort aus dem Nebel eine Gestalt auf, die raschen Schrittes den Pfad zur Kapelle nahm. Das helle Mondlicht fiel auf einen bärtigen Mann in einem dunklen Reisemantel, der einen breitkrempigen Hut trug. Eckermann erkannte ihn sofort als den Fremden wieder, der ihm nach Goethes Beisetzung zu Weimar aufgefallen war, nachdem dieser als letzter die Fürstengruft betreten und verlassen hatte.

Er ging ihm entgegen und begrüßte ihn: „Herr Taurinius, ich freue mich, Sie wiederzusehen, und danke Ihnen, dass Sie mit ihrem Kommen einen großen Wunsch von Herrn Geheimrat erfüllen".

Er stellte den Ankömmling den beiden Herren vor und machte den Vorschlag, angesichts der angenehmen Witterung und des klaren Sternenhimmels nicht in die Kapelle hineinzugehen, sondern sich im Freien zusammenzusetzen. Kaum, dass sie Platz genommen hatten, hob der Geheimrat die Hand und gab damit zu verstehen, dass er als erster das Wort ergreifen wollte.

„Herr Taurinius, ich fühle mich sehr erleichtert, mit Ihnen einige Dinge besprechen zu können, die mich die letzten zwei Jahrhunderte nachgerade verfolgt haben. Wir sind uns im Jahre 1824 erstmals begegnet, als Sie mich überraschend in Weimar aufsuchten, um mein Urteil über Ihre Reiseberichte zu erfahren.
Ich muss gestehen, dass ich damals ziemlich verärgert war von dieser Art, sich ohne Voranmeldung einzustellen, weil ich dies fast wie einen Überfall empfand. Auf Grund dieser Irritation war ich seinerzeit auch keineswegs gewillt, mich mit dem Büchlein zu befassen, das Sie mir überlassen hatten.
Es ist meinem treuen Mitarbeiter Eckermann als hohes Verdienst anzurechnen, dass er meinem Wunsch bereitwillig nachkam, Ihr Werk zu studieren und dazu einige hervorragende Recherchen anzustellen. Er empfahl mir auch, mehrere ausgewählte Kapitel selbst zu lesen, die

mich zur Überzeugung brachten, dass Ihre Berichte durchaus der Wahrheit entsprechen dürften.

Es mag sein, dass Sie in manchen Passagen ihre Erlebnisse etwas dramatischer geschildert haben, als sie es in Wirklichkeit vielleicht waren – aber welcher Autor tut das nicht, zumal er doch genau weiß, was der geneigte Leser von ihm erwartet?

Was aber Ihre Rezensenten betrifft, so haben deren Ausfälle und Anfeindungen in wissenschaftlichen Zeitungen in mir, der ich eigentlich stets um Gelassenheit bemüht war, doch einen heftigen Groll ausgelöst. Es ist für mich unbegreiflich, wie ein Professor Meiners oder ein Professor Paulus als akademische Lehrer Kritik an Ihrer Afrika-Expedition üben konnten, ohne jemals selbst diesen Kontinent betreten zu haben, und auch, wie diese beiden Herren Plagiatvorwürfe erheben konnten, ohne die angeblichen Quellen zu benennen.

Als deren Motiv kann ich nur akademischen Futterneid vermuten, wie er leider seit jeher an unseren Universitäten gang und gäbe ist. Mit Ihrem Besuch in Göttingen, der ebenso überfallartig verlief wie der bei mir, bestanden Sie glänzend die Examination durch Professor Meiners und ließen ihn ziemlich verwirrt zurück.

Sein offener Brief an Professor Paulus, der wohl als Vorwarnung gedacht war, offenbarte seine Ratlosigkeit, was für mich eine wahre Genugtuung war. Damit bewirkte er allerdings bei seinem Empfänger in Jena keinerlei Bereitschaft zu einem Sinneswandel, wie Herr Eckermann dies auch noch bei seinen Recherchen bestätigt fand.

Herr Taurinius, ich glaube, dass Ihnen von diesen beiden Kritikern – und wohl auch von anderen – großes Unrecht widerfahren ist, und bin erleichtert, dass ich Ihnen diese innere Überzeugung hiermit persönlich mitteilen kann. Nun möchte ich das Wort aber weitergeben an Herrn Eckermann, der mich durch seine Nachforschungen zur richtigen Sicht der Dinge geführt hat. Er wird hier über einiges Überraschende berichten können."

Zacharias Taurinius hatte mit gesenktem Kopf und geschlossenen Augen Goethes Worten gelauscht und blickte jetzt zu ihm herüber.

„Herr Geheimrat, ich bin von dem, was ich von Ihnen hören konnte, äußerst berührt und danke Ihnen aus tiefstem Herzen dafür, dass Sie an der Wahrhaftigkeit meiner Berichte keinen Zweifel haben. Damit tragen Sie wesentlich dazu bei, dass ich endlich meine Seelenruhe finden kann. Im Übrigen habe ich fünf Jahre später versucht, sie in Weimar zu erreichen, dabei jedoch erfahren, Sie seien gegenwärtig zur Kur in Marienbad.

Jetzt aber haben Sie mich neugierig gemacht auf das, was Herr Eckermann alles herausgefunden hat, und so möchte auch ich ihn bitten, davon zu berichten".

„Das werde ich gerne tun und will mich dabei auf die wichtigsten meiner Entdeckungen beschränken", erwiderte der Angesprochene.

„Den ersten Hinweis erhielt ich im Gespräch mit Herrn Servatius, dem Prinzipal der Hofapotheke zu Weimar. Er erinnerte sich, in einer Apotheker-Zeitung einen Nachruf auf Herrn Professor Immanuel Kant gelesen zu haben, in dem auch ein Experiment erwähnt wird, mit dessen Durchführung der Universalgelehrte seinen Freund Dr.

Hagen beauftragt hatte. Die Anleitung dazu stammte aus China und war in der ersten Ausgabe der Taurinius-Reisen wiedergegeben. Hagen glückte der Versuch, aus flüssigem Kupfer plane Platten herzustellen, und Kant war davon so begeistert, dass er ihm zurückschrieb, er sei sehr angetan und habe >*keinen Zweifel an der Wahrhaftigkeit des Taurinius*<.

Eine weitere wertvolle Mitteilung verdanke ich dem Herzoglichen Hofbuchhändler zu Weimar, Herrn Hoffmann. Er kannte Ihre Reiseberichte und nannte mir vier ihrer Verlage, drei davon in Leipzig und einen in Wien. Im Vorwort des ersten Taurinius-Berichts, der im Jakobäer-Verlag zu Leipzig erschienen war, hatte er sogar einen Hinweis des Verlegers gefunden, der Verfasser habe für kurze Zeit als Buchdrucker bei ihm gearbeitet.

Ihr zustimmendes Nicken, Herr Taurinius, bestätigt mir, dass es damit seine Richtigkeit hat.

Herr Hoffmann empfahl mir außerdem, beim Verleger der Wiener Ausgabe, Herrn Anton Doll, wegen des Kupferstechers Carl Heinrich Rahl anzufragen. Ich bekam zur Antwort, dieser sei vermutlich noch an der Akademie der Bildenden Künste zu Wien tätig. Er habe die letzte Auflage der Reiseberichte nach den Wünschen von Herrn Taurinius illustriert und auch das markante Frontispiz mit dessen Portraitmedaillon gestochen. Diesen Herrn konnte ich tatsächlich erreichen und erhielt brieflich von ihm die Bestätigung, dass Sie, Herr Taurinius, ihn einige Male in Wien besucht und mit ihm in freundschaftlicher Verbindung gestanden hätten.

Herr Hoffmann versetzte mich außerdem in Erstaunen, als er beiläufig erwähnte, die Reiseberichte hätten nicht nur in deutschsprachigen Ländern, sondern auch in Frankreich, England und Amerika beachtliche Verbreitung gefunden.

Eine letzte, rein zufällige Entdeckung scheint mir nennenswert. Ich hatte bei der Lektüre des Romans *Isabella von Ägypten, Kaiser Karl des Fünften große Jugendliebe* des Herrn Achim von Arnim zu meiner Überraschung gegen Ende den Namen *Taurinius* zitiert gefunden.

Auf meine Anfrage schrieb mir der Verfasser zurück, er habe diese Namensnennung deshalb eingebracht, weil er sich die ägyptische Landschaft in Gedanken so ausgemalt hatte, wie sie in den Reiseberichten des Herrn Taurinius dargestellt ist. Er erinnerte sich sogar, im Jahr 1820 dem Geheimrat einen Besuch abgestattet und ihm seine *Isabella von Ägypten* vorgestellt zu haben. Er habe dabei den Namen *Taurinius* zwar erwähnt, ihn jedoch nicht weiter kommentiert.

Dies waren die wichtigsten der Stimmen, welche zum einen bestätigen, dass es Sie, Herr Taurinius, als Autor und Weltreisenden wirklich gab. Zum anderen sprachen sich die genannten Persönlichkeiten dezidiert für Ihre Glaubwürdigkeit aus und sahen keinen Grund für die Mutmaßung, Sie hätten sich hinter einem Pseudonym versteckt. Der einzige, noch lebende Kritiker, Herr Professor Paulus, blieb hartnäckig bei seiner vorgefassten Meinung, ohne sie wirklich belegen zu können.

Jetzt würde ich aber gerne von Herrn Achheim hören, wie er zur Kenntnis der Protokolle kam, die ich von meinen Gesprächen mit dem Geheimrat zu den Reiseberichten des Herrn Taurinius und von meinen diesbezüglichen Nachforschungen angefertigt hatte."

„Das ist eine ebenso lange wie spannende Geschichte", kündigte Rufus an. „Ich will versuchen, mich so kurz zu fassen, wie es eben geht. Zunächst muss ich richtigstellen, dass ich nicht Ihre originalen Protokolle, sondern deren Transkripte gefunden und gelesen habe.

Und das kam so: Vor Jahren besuchte ich Weimar, um diese schöne Stadt endlich einmal kennenzulernen. Als ich in der Innenstadt durch ein kleines Antiquariat bummelte, entdeckte ich in einem Winkel eine Mappe mit der Aufschrift *Taurinius*. Sie enthielt ein Konvolut von über dreißig, mit Maschine geschriebenen Seiten, die erstaunlicherweise Datierungen zwischen 1823 und 1832 enthielten.

Der Name auf der Mappe machte mich stutzig, bis mir schlagartig einfiel, dass ich ihn bereits als Verfasser eines alten Reisebüchleins kannte, das ich vor Jahren in meinem Bücherregal gefunden hatte. Meine Neugier wurde endgültig hellwach, als ich bereits auf der ersten Seite einen Brief von Herrn von Goethe an einen gewissen Herrn Eckermann fand.

Ich fragte den älteren Herrn, der an der Kasse saß, ob er denn wisse, was es damit auf sich habe. Er meinte, ganz Genaues sei ihm nicht bekannt, aber er habe die Sammlung von einem Herrn Sartorius bekommen, den er seit längerem kenne, weil dieser immer wieder mal zu einem Schwätzchen vorbeikomme. Der habe ihm zur Vorgeschichte erzählt, sein Vater habe die Mappe zusammen mit einer alten Reisebeschreibung in einem Biedermeier-Sekretär entdeckt, den er bei einem Trödler erstanden hatte.

Mit großem Erstaunen habe dieser festgestellt, dass es sich um Protokolle von Gesprächen zwischen Ihnen, Herr von Goethe, und Ihnen, Herr Eckermann, handelte. Es sei dabei um einen seltsamen Besucher des Herrn Geheimrat gegangen, der sich als Weltreisender vorstellte und wohl auch ein Exemplar seiner Reiseberichte hinterließ. Die Schriftstücke seien säuberlich in gestochener Kurrentschrift verfasst gewesen, die dem Finder als ehemaligem Deutsch- und Geschichtslehrer durchaus geläufig gewesen sei, und so habe sich dieser entschlossen, sie als Transkript in seinen Rechner einzugeben.

Nachdem er früher das Büchlein mit den originalen Reiseberichten auch selbst gelesen hatte, habe er sich entschlossen, die beiden bedeutsamen Fundstücke der historischen Anna-Amalia-Bibliothek zu Weimar zur literarischen Verwertung zu überlassen. Dort habe man die Schenkung erfreut angenommen und in einem Raum mit der *Agenda zur Bearbeitung* abgelegt.

Bei der großen Brandkatastrophe der Bibliothek Anfang September 2004 sei auch dieser Depotraum in Flammen aufgegangen, sodass von dem literarischen Fund nur noch das Transkript des Herrn Sartorius erhalten geblieben sei. Dieses sei aber ohne das Original als potentielle Fälschung und damit als wissenschaftlich wertlos eingeschätzt worden. Der Vater habe es dem Sohn vererbt, der es jedoch auch nicht publizieren konnte und es schließlich zu ihm ins Antiquariat gebracht habe.

Ich konnte die Mappe für einen angemessenen Preis erwerben und die maschinengeschriebenen Schriftstücke ohne Mühe lesen. Hilfreich war dabei, dass ich den Inhalt der Taurinius-Reisen bereits von meiner früheren Lektüre her kannte und die Zusammenhänge gleich verstand. So kam mir der naheliegende Gedanke, Sie alle zu dem heutigen Treffen einzuladen – und ich bin glücklich, dass dieses auch wirklich zustande gekommen ist."

Die Herren waren von Rufus spannendem Bericht über den Fund von Eckermanns Gesprächsprotokollen und den abenteuerlichen Weg, den sie genommen hatten, äußerst fasziniert und schwiegen zunächst, um das Gehörte zu verarbeiten.

Als erster ergriff Goethe das Wort und merkte anerkennend an: „Herr Achheim, das war in der Tat eine ganz außergewöhnliche Geschichte, die sie uns da erzählt haben,. Es ist für mich und Herrn Eckermann eine große innere Freude zu wissen, dass die Ergebnisse unserer Beschäftigung mit dem Lebensweg und den Reisen des Herrn Taurinius der Nachwelt erhalten geblieben sind. Sie haben mir mit unserer heutigen Begegnung die Möglichkeit verschafft, dem Verfasser der Reiseberichte persönlich zu versichern, dass ich an seiner Glaubwürdigkeit keinen Zweifel habe und der festen Überzeugung bin, dass ihm von Seiten seiner Widersacher großes Unrecht widerfahren ist."
Und an Taurinius gewandt, schloss er mit den Worten: „Ihr ungewöhnlicher Lebensweg, Herr Taurinius, Ihre Reiselust, Ihre Neugier und vor allem Ihr unbeugsamer Wille, den Anfeindungen Ihrer Kritiker mutig entgegenzutreten, verdienen unseren höchsten Respekt."

Zacharias Taurinius erhob sich und wandte sich Goethe und Rufus zu: „Es war für mich sehr bitter, dass meine Reputation immer wieder von rigorosen Kritikern in Zweifel gezogen wurde, obwohl meine Reiseberichte voll der Wahrheit entsprachen.

Umso mehr freue ich mich über die Aussagen der Zeitzeugen, die Sie, Herr Eckermann, ausfindig gemacht haben. Ich danke Ihnen von ganzem Herzen für Ihre verdienstvollen Nachforschungen, die bestätigen, dass namhafte Persönlichkeiten in mir einen durchaus ehrenhaften Menschen gesehen haben. Für mich bedeutet dies eine große Genugtuung.

Herr Geheimrat und Herr Achheim, ich möchte Ihnen aufrichtig danken, dass Sie mir mit der überzeugenden Versicherung meiner Glaubwürdigkeit zur inneren Ruhe verholfen haben, die mir in meinem ersten Leben versagt geblieben ist."

Inzwischen war der Himmel heller geworden und zeigte im Osten erste graue Wolkenstreifen, die langsam lichter wurden. Taurinius meinte, es sei für ihn jetzt an der Zeit, sich auf die Heimreise zu begeben. Nach nochmaligem Dank nahm er Abschied von allen und rief eine Wolke herbei, die kurz darauf vom Tal heraufgezogen kam. Nachdem er in ihr verschwunden war, sahen die drei Verbliebenen ihr lange nach, wie sie in Richtung Hirschberg entschwebte.

Der Geheimrat schlug vor, noch kurz zu verweilen in der Hoffnung, mit etwas Glück einen großartigen Sonnenaufgang zu erleben. Eckermann und Rufus waren einverstanden und sahen, wie sich das blasse Grau im Osten allmählich golden färbte, bevor sich die Wolkenstreifen rötlich auflockerten. Das Hirschberger Tal lag noch unter einer hellen Dunstglocke, aber der Himmel darüber gewann ein zunehmend tieferes Blau. Dann stieg innerhalb weniger Augenblicke, von keiner Wolke verdeckt, die Sonne als roter Feuerball am Horizont empor. In Erinnerung an sein inspirierendes Erlebnis vor über zweihundert Jahren war Goethe so ergriffen, dass er nicht umhin konnte, aus seinem *Faust* den *Prolog im Himmel* zu zitieren: „Die Sonne tönt in alter Weise…".

Nachdem auch hier die Zeit herangerückt war, Abschied zu nehmen, überraschte Eckermann die beiden Herren, indem er ein erneutes Treffen im nächsten Jahr vorschlug, vielleicht an einem anderen Ort und mit weiteren Persönlichkeiten. Der Geheimrat zeigte sich nicht abgeneigt und Rufus erklärte sich bereit, darüber nachzudenken. Dann winkten sie zwei Wolken heran und entschwanden mit ihnen in entgegengesetzten Richtungen.

Als Rufus – wegen des lohnenden Wartens auf den erwachenden Tag – mit einiger Verzögerung am Fuße seines Hügels landete, war der Morgen bereits weit fortgeschritten und die Sonne stand hoch am Himmel.

An der Kirche auf dem Wyschehrad

Am Abend dieses Tages traf sich Rufus mit Mathilde unter der Birke und berichtete ihr, er habe bei seinem Ausflug ins Riesengebirge den Geheimrat von Goethe und seinen Mitarbeiter Eckermann getroffen. Sie war zunächst völlig sprachlos, weil Goethe für sie immer der göttergleich-entrückte Dichterfürst gewesen war, dessen *Faust* sie am Lyzeum gelesen, seinen *Erlkönig* und den *Zauberlehrling* rezitiert und das *Heidenröslein* gesungen hatte. Auch den eigentlichen Anlass des Treffens, das klärende Gespräch mit dem Weltreisenden Taurinius, sprach Rufus an und löste bei Mathilde höchste Verwunderung über dessen Reisen und Abenteuer aus. Am Ende beteuerte sie, dass sie einiges dafür gegeben hätte, wenn sie bei dieser Begegnung hätte dabei sein können.

Mit den ersten Junitagen stellte sich ein herrlicher Frühsommer ein. Bei strahlenden Föhnlagen unternahm Rufus am frühen Morgen kleinere Wolkenausflüge in die Gegend um den See und ins Vorgebirge. Dort konnte er immer wieder Neues entdecken, obwohl er meinte, alles von früheren Besuchen her bereits gut zu kennen. Dabei hatte er genügend Zeit, darüber nachzudenken, mit wem er sich zum nächsten Vollmond treffen könnte.

Eines Tages kam ihm ein altes handgeschriebenes, mit Goldschnitt gefasstes Tagebuch in den Sinn, das ihm vor langer Zeit von einer älteren Dame aus Prag übereignet worden war. Das schmale Büchlein war in noblem Lederimitat gebunden und trug in mattgoldener Prägung den Titel *Eine Reise ins Riesengebirge 1871*. Auf der zweiten Leerseite war rechts oben in lateinischer Schrift mit Bleistift der verblasste Name *Anna Schenekova* vermerkt, mit dem Rufus allerdings nicht viel anfangen konnte. Das Tagebuch enthielt die Schilderung einer fünftägigen Reise ins Riesengebirge, deren Verlauf mit allerlei kuriosen Erlebnissen und seltsamen Begegnungen in gestochener Kurrentschrift festgehalten war.

Der Verfasser hatte auf der letzten Seite schwungvoll mit *Johannes Marschl* unterzeichnet und, wie aus einem eingelegten rosa Notizblättchen hervorging, das edel gebundene Unikat in einer letztwilligen Verfügung seiner treuen Haushälterin Anna Schenekova vermacht. Bei wiederholter Lektüre hatten die Aufzeichnungen Rufus bisweilen belustigt, aber noch mehr hatte die Schilderung der zwischenmenschlichen Beziehungen in der kleinen Reisegruppe bei ihm immer wieder für Spannung und Empathie gesorgt.

Der Reiseverlauf lässt sich in groben Zügen so schildern: Der Verfasser des Tagebüchleins, ein Kapitän zur See in der österreichischen k.u.k.-Marine, war bei einem Heimaturlaub in Chlumetz nahe Königgrätz von einer befreundeten Familie eingeladen worden, an einer *Lustreise* auf die Schneekoppe teilzunehmen. Mit von der Partie waren unter der Ägide eines Herrn Oberdirektor Petritz seine beiden munteren Töchterchen Fanny und Louise sowie Fräulein Katharina Klepsch aus Prag, eine Jugendfreundin von Frau Petritz, der Dame des Hauses. Letztere musste allerdings – zum Leidwesen von Johannes, der sie überaus schätzte – wegen überraschend aufgetretener Müdigkeitserscheinungen in letzter Minute ihre geplante Teilnahme absagen. Zum Transport des gesamten Gepäcks war ein geduldiger, stets unverdrossener Träger namens Havliček gedungen worden.

Mit der Eisenbahn ging es zunächst nach dem nordböhmischen Trautenau und am folgenden Tag mit der Kutsche über das Kurstädtchen Johannisbad nach Petzer am südlichen Fuß der Schneekoppe. Noch am gleichen Tag stieg man zum Gipfel hoch und übernachtete dort in einem rustikalen Berggasthof. Die fieberhafte Erwartung, einen dramatischen Sonnenuntergang zu erleben, wurde durch eine plötzlich aufziehende Wolkenwand zunichte gemacht, desgleichen auch die Hoffnung auf einen prächtigen Sonnenaufgang, der einem morgendlichen Nieselregen zum Opfer fiel.

Beim mühsamen Abstieg im Nebel klarte der Himmel allmählich auf, sodass die kleine Gesellschaft nach einigen beschwerlichen Irrwegen gegen Abend Bad Warmbrunn erreichte. Obgleich die Reisenden ziemlich erschöpft waren, ließen sie es sich nicht nehmen, noch durch den belebten Kurpark zu flanieren. Zum Abendessen kehrten sie im *Cour*-Salon ein, wo sie sich als Zuschauer an einem Tanzkränzchen erfreuen durften.

Am vierten Tag ging es mit der Kutsche nach Hirschberg und dann mit der Eisenbahn nach Liebau. Dort stieg man auf ein Pferdegespann um, das spät am Abend an ihrem nächsten Ziel, dem Örtchen Adersbach, ankam. Am folgenden Morgen nahm man an einer Führung durch das berühmte Felsenlabyrinth teil und machte sich am Nach-

mittag mit der Eisenbahn auf die Rückreise von Parschnitz nach Königgrätz.
Nach einer nächtlichen Kutschfahrt erreichte die Gesellschaft gegen Mitternacht wieder ihre Heimatstadt Chlumetz, wo soeben drunten in der Arbeitersiedlung eine Feuersbrunst ausgebrochen war, die auf die Heimkehrer wie ein dramatisches Finale ihrer Exkursion wirkte.

Abgesehen davon, dass Rufus dieses Programm weniger als Lustreise, sondern mit Blick auf die Damen vielmehr als respektable sportliche Leistung ansah, gaben für ihn die geschilderten Begegnungen mit ebenso belustigenden wie skurrilen Zeitgenossen immer wieder Anlass zum Schmunzeln. Noch viel mehr aber faszinierten ihn die Psychogramme der Reisegruppe, die zwischen den Zeilen mühelos herauszulesen waren. So ließ der Herr Oberdirektor Petritz zu keiner Zeit irgendeinen Zweifel daran, dass er sich unbestritten als *Reisemarschall* fühlte. Seine beiden Töchterchen warfen den Gruppen preußischer Junker, denen man in Gasthöfen und auf der Kurpromenade auf Schritt und Tritt begegnete, oft verstohlene, bisweilen auch feurige Seitenblicke zu, und Fräulein Kathi verstand es, auch ohne viel Zutun die Blicke der Kurgäste auf sich zu ziehen.

Letzteres stellte für den Kapitän Johannes Marschl ein gewisses Problem dar, weil er bereits bei der ersten Vorstellung durch den Herrn Oberdirektor am Bahnhof von Chlumetz gemeint hatte, ein kurzes Aufblitzen in den Augen dieser Dame bemerkt zu haben. Im Laufe der Exkursion versuchte er immer wieder, ihr durch sein berufliches Fachwissen, seine aufmerksame Fürsorge und sein ritterliches Verhalten zu imponieren, was ihm aber nicht die erhoffte Anerkennung eintrug. Im Gegenteil – die Dame meinte, einiges besser zu wissen, und verhielt sich bisweilen wie eine Konkurrentin, die auch durch treffende Argumente schwer zu überzeugen war.

Die eklatanteste Szene spielte sich auf der letzten Zugfahrt nach Königgrätz ab. In ihrem Abteil machte die Reisegruppe die Bekanntschaft eines Bremer Cigarren-Händlers, der sich als Gustav *Meyer* vorstellte und Fräulein Kathi auf Leben und Tod den Hof machte. Johannes musste mit großem Argwohn erleben, wie der elegante Geschäftsmann mit der Pomade-Frisur und dem verwegenen Oberlippenbärtchen Fräulein Kathi mit seinen Komplimenten immer wieder zum hellen Auflachen und die Backfische Fanny und Louise mit seinen preußischen Witzeleien zum Kichern brachte. Der Casanova rühmte sich, von seinen Freunden nach einer teuren Cigarren-Marke der *Gouvernanten-Meyer* genannt zu werden, und kündigte an, er werde sich demnächst mit einer großen Tabakwaren-Handlung in Prag niederlassen.

Der Herr Oberdirektor, der sonst nie um Worte verlegen war, wirkte ziemlich verärgert, blieb aber trotz seines offensichtlichen Missfallens stumm und war – ebenso wie Johannes – sichtlich erleichtert, als man sich in Königgrätz von dem großspurigen Aufschneider trennen konnte. Als Johannes bei der nächtlichen Ankunft in Chlumetz sich von Fräulein Kathi verabschiedete, dankte diese ihm höflich für seine aufmerksame Betreuung und sein ritterliches Verhalten. Sie stellte jedoch mit keinem Wort ein Wiedersehen in Aussicht, bevor sie ins dunkle Haus ihrer Freunde entschwand.

Am Ende der Tagebuch-Lektüre hätte Rufus zu gerne erfahren, ob sich die beiden später noch einmal wiedergesehen hätten, aber hierzu gab es in den Aufzeichnungen keinerlei Hinweis. Die für ihn sympathische Person des stets korrekten, aber nicht sehr draufgängerischen Verfassers war ihm fast etwas ans Herz gewachsen, und so kam ihm mit einem Mal die Idee, mit ihm ein Treffen zu vereinbaren.

Gesagt – getan. Kurz, bevor der zunehmende Mond in seine letzte Phase trat, setzte er sich abends in die blühende Wiese auf seiner Hügelkuppe und konzentrierte sich auf den Namen *Johannes Marschl* aus Chlumetz in Böhmen. Es dauerte eine Weile, und Rufus begann bereits, an der Richtigkeit der Adresse zu zweifeln, als er eine sonore Stimme hörte: „Ich bin Johannes Marschl aus Chlumetz, Kapitän zur See, und melde mich aus Prag. Sie haben nach mir gerufen und wollen mit mir sprechen. Womit kann ich dienen?"

Rufus war überglücklich, dass der Kontakt gelungen war, und gab zur Antwort: „Ich bin Rufus Achheim aus Bayern und möchte mich gerne mit Ihnen über Ihre Reise ins Riesengebirge unterhalten, die Sie 1871 unternommen haben. Ich habe Ihr handgeschriebenes Tagebuch zufällig in die Hand bekommen und war vom Stil Ihres Berichts über diese Exkursion ebenso beeindruckt wie von der exakten Kurrentschrift Ihrer Aufzeichnungen. Ich selbst bin sogar den Spuren Ihrer Reise ins Riesengebirge gefolgt, allerdings mit dem Automobil, und habe im heutigen Tschechien einige Örtlichkeiten noch fast so vorgefunden, wie sie von Ihnen geschildert wurden. Nach der Lektüre Ihres Büchleins blieb für mich eine Frage offen, die mir immer wieder in den Sinn kommt, wenn ich zufällig auf das Stichwort *Lustreise* stoße: Sind Sie Fräulein Katharina Klepsch später irgendwann noch einmal begegnet?

Sie hat Ihnen offenbar sehr imponiert, ohne dass Sie während der Reise Gelegenheit fanden, ihr dies zu gestehen. Ich meine, dies Ihren Tagebuchnotizen entnehmen zu können, und habe das Gefühl, Ihnen sei dieses Versäumnis doch sehr nachgegangen."

„Sie haben Recht – ich habe zeitlebens noch darunter gelitten, den Mut zu einem formvollen Antrag nicht aufgebracht zu haben. Nachdem ich meinen unruhigen Beruf als Hochsee-Kapitän mit sechzig Jahren frühzeitig aufgegeben hatte, stattete ich kurz darauf der Familie Petritz in Chlumetz einen Besuch ab und erfuhr beiläufig von der Dame des Hauses, Katharina habe in Prag einen Geschäftsmann namens Gustav Meyer geheiratet.

Der habe auf der Kleinseite einen gutgehenden Laden für *Feine Tabakwaren* geführt, und zwar in der Spornergasse, die zum Hradschin hinaufführt. Sie habe den Herrn offenbar auf der Rückreise aus dem Riesengebirge in der Eisenbahn nach Königgrätz kennengelernt und ihm auf sein Drängen hin, ohne sich etwas dabei zu denken, ihre Prager Adresse gegeben.

Nach seinem Umzug von Bremen nach Prag habe er sie aber so heftig umworben, dass sie schließlich seinen Heiratsantrag angenommen habe. In den folgenden Jahren sei der umtriebige Lebemann mit seiner Gattin in den gehobenen Kreisen der Prager Gesellschaft ständig unterwegs gewesen und habe ein flottes Leben geführt. Seither hatte Frau Petritz nichts mehr von ihrer Freundin gehört.

Ich selbst hatte früher schon oft daran gedacht, meinen Ruhestand in einer großen Stadt wie Karlsbad oder Prag zu verbringen, und empfand diese Nachricht wie einen Fingerzeig des Schicksals. So reiste ich eines Tages in die *Goldene Stadt*, um mich nach einer passenden Wohnung umzusehen. In der erwähnten Spornergasse entdeckte ich tatsächlich einen Laden, dessen gesamte Breite von einem Schild eingenommen war mit der Aufschrift: *Gustav Meyer – Feine Cigarren & Tabakwaren*. Zufällig entdeckte ich an einem Haus schräg gegenüber einen Anschlag *Zimmer frei* und mietete nach Besichtigung die kleine Wohnung in der oberen Etage sofort an. Ich sah ganz bewusst davon ab, den Tabakwarenladen gegenüber aufzusuchen, weil ich eine gewisse innere Hemmung dagegen verspürte und über einen solchen Schritt zunächst noch nachdenken wollte.

An dieser Stelle möchte ich meinen Bericht vorerst beenden, weil ich es für angebracht halte, Frau Katharina Meyer in unser Gespräch einzubeziehen, da sie uns über die nachfolgende Zeit sicher einiges Wichtige mitteilen kann. Seit wir uns in unserem jetzigen Leben befinden, stehen wir miteinander in enger Verbindung und sehen uns fast täglich.

Wenn Sie einverstanden sind und die Anreise nicht scheuen, schlage ich ein gemeinsames Treffen vor. Als Ort wäre für uns am besten die Kirche St. Peter und Paul auf dem Wyschehrad geeignet, dem früheren Burgberg im Süden von Prag. Auf dem dortigen Friedhof sind wir beide bestattet neben einer Reihe von Prager Honoratioren, wie dem beliebten Volksschriftsteller Jan Neruda und den berühmten Komponisten Anton Dvořák und Friedrich Smetana."

„Diese Einladung nehme ich sehr gerne an", stimmte Rufus zu, „und würde meinerseits vorschlagen, dass wir uns bereits morgen gegen Mitternacht an der Kirche treffen. Ich freue mich darauf, Sie beide kennenzulernen. Bis morgen also – leben Sie wohl!"

Am folgenden Abend ließ Rufus, als der volle Mond an den Nachthimmel getreten war, eine Wolke anschweben und gab als Ziel den Kirchhof auf dem Wyschehrad in Prag an. Der Flug ging über das nächtliche Lichtermeer der nahen Landeshauptstadt und über Pilsen und Budweis hinein nach Tschechien, bis die goldene Lichterglocke über Prag am Horizont auftauchte. Die Wolke schwenkte zum südlichen Stadtgebiet ein, überquerte die Moldau und landete auf dem alten Burgberg, der sich als mächtiges Plateau über dem östlichen Flussufer erhob. An einer kleinen Rundkapelle setzte sie Rufus ab, der vor sich die Silhouette eines spitzen Kirchturms wahrnahm, die sich scharf gegen den hellen Nachthimmel abzeichnete.

Er ging darauf zu und betrat einen alten Friedhof, durch den ein breiter Auffahrtweg zum Portal der Kirche führte. Im Näherkommen erblickte er auf den Treppenstufen ein Paar, das zu ihm herüberschaute. Die schlanke Dame trug einen knöchellangen schwarzen Tuchmantel mit elegantem Samtrevers und dazu einen modischen Hut mit breiter Krempe und einem Schleier, der unter dem Kinn kunstvoll verschlungen war. Der Herr neben ihr war barhäuptig und trug eine lange dunkelblaue Jacke, die an eine Marine-Uniform erinnerte, dazu eine knielange Wanderhose und hoch geschnürte Stiefel.

Rufus begrüßte die beiden, wobei er nochmals herzlich für ihr Kommen dankte und darum bat, man möge sich doch gegenseitig mit den Vornamen ansprechen. Sie stimmten sogleich zu und schlugen vor, drüben auf einer der Steinbänke unter den Arkaden der Aussegnungshalle Platz zu nehmen. Rufus brannte darauf, mehr über das weitere Schicksal der beiden zu erfahren, und bat darum, als erster das Wort ergreifen zu dürfen.

„Johannes, wie ich Ihnen gestern erzählt habe, kenne ich den Verlauf Ihrer Exkursion ins Riesengebirge bereits aus Ihrem Tagebuch, das ich mit ebenso großem Vergnügen wie innerer Anteilnahme gelesen habe.
Was mir am Ende der Aufzeichnungen jedoch fehlte, war ein Hinweis darauf, wie es mit Ihnen beiden weiterging. Ich muss gestehen, dass ich schon immer ein neugieriger Mensch gewesen bin, und war daher sehr angetan, als Sie vorschlugen, dies könnte ich am besten von Katharina selbst erfahren.

Ich hoffe nun, Katharina, Sie verstehen mich richtig und fühlen sich nicht genötigt, wenn ich Sie bitte, mir Ihre Geschichte zu erzählen – und zwar beginnend mit Ihrer ominösen Begegnung auf der Eisenbahnfahrt nach Königgrätz."

„In meinem vorigen Leben hatte ich oft Hemmungen, mich dazu zu äußern", begann sie. „Heute sehe ich die Dinge ganz gelassen so, wie sie sich nun mal ereignet haben, und habe kein Problem, darüber zu sprechen. Ich kann Sie beruhigen, Rufus, ich fühle mich nicht bedrängt und werde ganz offen berichten.

Was die besagte Reisebekanntschaft betrifft, fand unser *hübsches Reisekleeblatt,* wie Johannes uns humorvoll titulierte, die flotten Komplimente und banalen Witzeleien des eleganten Herrn aus Bremen vielleicht deshalb so amüsant, weil wir drei Damen diese als den famosen *Hauch der großen weiten Welt* empfanden.

Ich gestehe, dass mir diese Art der Unterhaltung damals durchaus imponierte und ich diesem Herrn, nachdem er mir seine Visitenkarte zugesteckt hatte, völlig unbedacht meine Prager Adresse verriet. Seit seinem Umzug nach Prag verfolgte er mich hartnäckig, und ich weiß bis heute nicht genau zu sagen, warum ich schließlich seinen Antrag doch annahm.

Damit änderte sich mein bisheriges Leben vollständig. Gustav hatte ein Talent, uns mit den Kreisen der Prager *Haute Volée* bekannt zu machen, was sich auch günstig auf die Klientel seines Geschäfts auswirkte. Obgleich es mir manchmal fast zu viel wurde, genoss ich doch diese turbulente Zeit. Diese ging allerdings nach zehn Jahren ihrem Ende zu, denn Gustav war als der *Cigarren-Meyer* ständig zu seinen Stammtischen unterwegs, an denen man bei reichlich geistigen Getränken nächtelang herumschwadronierte.

Als aber die Geschäfte darunter litten und schließlich zurückgingen, begann er zunehmend zu trinken. Für mich folgten schwere Jahre, die damit endeten, dass er bei einem seiner abendlichen Ausflüge zusammenbrach und an einem Herzschlag verstarb.

Mir blieb nichts anderes übrig, als den Tabakladen weiterzuführen, allerdings mit geringem Erfolg, weil von den früheren Freunden nur noch wenige hin und wieder vorbeischauten, um ein paar Worte zu wechseln, aber nur noch selten, um etwas zu kaufen. Es war eine trostlose Zeit, aber ich hatte mir vorgenommen, sie allen widrigen Umständen zum Trotz durchzustehen.

Hier möchte ich eine Zäsur machen und das Wort an Dich, Johannes, zurückgeben. Du musst über die drei Jahre berichten, die Du im Haus mir gegenüber gewohnt hast, ohne dass ich davon wusste, und darüber, was Dich gehindert hat, mich aufzusuchen."

„Das will ich tun, und ich muss gleich zu Beginn gestehen, dass diese Zeit auch für mich eine äußerst traurige war", stimmte Johannes zu.

„Rufus, ich habe Ihnen ja bereits gestern berichtet, dass ich über Frau Petritz von Katharinas Heirat erfahren und schon früher einmal daran gedacht hatte, meinen Ruhestand in einer größeren Stadt zu verbringen.

Mitte 1888 fuhr ich daher nach Prag, um mich nach einer Wohnung umzusehen. Ein seltsamer Zufall wollte es, dass ich eine solche gegenüber dem Tabakladen fand, der seinerzeit noch von Gustav Meyer geführt wurde. Ich hielt es jedoch nicht für angebracht, mich dort vorzustellen, da ich diesem unsympathischen Lebemann mit seinem großspurigen Gehabe nicht unbedingt noch einmal begegnen wollte.

Zu meiner Betreuung stellte ich eine Hauswirtschafterin namens Anna *Schenekova* ein, die bei ihrem Sohn in der Altstadt wohnte und sich zur kargen Rente einer Kriegerwitwe ein Zubrot verdienen wollte. Sie brachte mir jeden Morgen die Zeitung, räumte den Kamin aus und heizte ihn neu an, bereitete mir das Frühstück, wusch das Geschirr vom Vortag ab, machte mein Bett, fegte die beiden Zimmer durch, brachte die Wäsche zur Reinigung, erledigte die Einkäufe und sorgte für meine Mahlzeiten. Sie war eine Seele von Mensch und wusste immer Bescheid über die neuesten Ereignisse, die sich in unserer Gasse abspielten.

Es war wohl zwei Jahre nach meinem Einzug, als sie mir eines Morgens berichtete, der Herr vom Tabakladen gegenüber sei plötzlich verstorben, wobei wohl Alkohol im Spiel gewesen sei. Ich nahm diese Mitteilung ohne größeres Bedauern zur Kenntnis, konnte mich jedoch angesichts der unglücklichen Situation der hinterbliebenen Gattin einer gewissen inneren Bewegung nicht ganz entziehen.

Ein Jahr später teilte Anna mir mit feuchten Augen mit, in unserer Gasse sei der Schriftsteller Jan Neruda, der nur ein paar Häuser weiter wohnte, mit nur siebenundfünfzig Jahren gleichfalls Opfer des Alkohols geworden. Mit seinen humorvollen *Kleinseitner Geschichten* hatte er ein großes Publikum begeistert, war aber dann zunehmend vereinsamt. Da ich weder seinen Namen noch seine Geschichten kannte, fand ich dieses frühe Ende zwar tragisch, aber als Folge mangelnder Selbstdisziplin nicht weiter berührend.

Vom Fenster aus konnte ich jeden Tag zum Tabakladen hinüberschauen und oftmals Katharina sehen, wenn sie gegen Abend das Haus verließ, um noch Besorgungen zu machen. Wenn es dunkel wurde, sah ich in den erleuchteten Fenstern gegenüber bisweilen ihren Schatten vorbeihuschen, als sei sie mit Aufräumarbeiten beschäftigt. Dabei gingen mir immer wieder die Erlebnisse auf unserer Reise durch den Kopf, und ich nahm von Zeit zu Zeit mein Tagebuch zur Hand, um meine Erinnerungen aufzufrischen. Aber selbst, als Katharina bereits Witwe war, brachte ich es nicht über mich, sie in ihrem Laden aufzusuchen.

Eines späten Abends im November, als die Lichter drüben bereits erloschen waren, setzte ich mich an meinen Sekretär und schlug meine Reisenotizen auf. Ich hatte gelegentlich auch Anna Schenekova ausgewählte Passagen daraus vorgelesen und dafür große Bewunderung geerntet. Sie meinte sogar, mein Talent als Schriftsteller sei durchaus an dem jenes Jan Neruda zu messen, der kürzlich in der Nachbarschaft verstorben war. Ich ließ mir nichts anmerken, genoss aber diese seltenen Augenblicke der Anerkennung mit stiller Befriedigung.

Ich las noch einmal das Schlusskapitel mit der Feuersbrunst bei unserer nächtlichen Heimkehr und dachte darüber nach, wem ich dieses Büchlein einmal überlassen sollte. Dann griff ich entschlossen zur Feder und schrieb auf einen Notizzettel: *Anna Schenekova – für treue Dienste! J.M.*

Ich legte ihn zur Schlussseite ins Tagebuch hinein, schob angesichts letzter Glutreste den Paravent vor den Kamin und begab mich im Nebenzimmer zur Ruhe. Mitten in der Nacht wachte ich auf, weil ich einen heftigen Schmerz in der Brust spürte. Ich musste nach Luft ringen und verlor dabei das Bewusstsein. Kurz darauf sah ich mich reglos im Bett liegen und machte mir mit Erstaunen klar, dass ich soeben Abschied von dieser Welt genommen hatte. Am Morgen bemerkte ich, wie die Tür einen Spalt geöffnet wurde, und hörte Annas Stimme leise fragen: „Herr Kapitän?"

Dann folgte ein Aufschrei, gefolgt von einem *Jesses Maria!*, und kurze Zeit darauf war ein Poltern im Treppenhaus zu hören. Der Doktor, der ein paar Häuser weiter ordinierte, kam eilig herein, hob mein Augenlid an, um die Pupille zu prüfen, und meinte dann: > *Da ist nichts mehr zu machen* <, und nach kurzem Schweigen: > *So alt war er ja noch nicht, der Herr Kapitän – und nie recht krank. Vielleicht hatte er was am Herzen?* <

Ich hatte mir nie Gedanken über den Tod gemacht und war über mich selbst erstaunt, mit welcher Gelassenheit ich alles, was folgte, miterleben konnte. Ich bemerkte, wie Anna schluchzend auf dem Stuhl zu meinen Füßen saß, bis die Bestatter kamen, um mich abzuholen. Beim Blick aus dem Fenster sah ich Katharina, wie sie den nassen Schnee vor dem Laden vom Gehsteig fegte, kurz zum Leichenwagen hinüberschaute, der gerade angekommen war, und dann im Haus verschwand.

Hier möchte ich schließen und Dich, Katharina, bitten, alles Weitere zu erzählen, was in den nächsten Tagen geschah."

Katharina nickte und dachte kurz nach, bevor sie begann: „Die folgende Zeit war für mich recht aufregend, weil sie einige Neuigkeiten brachte, mit denen ich nie gerechnet hatte. Zwei Tage, nachdem ich die Bestatter gesehen hatte, entdeckte ich an der Tür des Hauses gegenüber einen Anschlag mit der Todesanzeige eines Kapitäns Johannes Marschl, der am Freitag, den 13. November 1891, verstorben war und nächste Woche auf dem Friedhof von St. Peter und Paul am Wyschehrad beigesetzt werden sollte.

Ich war wie vom Donner gerührt und konnte nicht fassen, dass Johannes eine ganze Zeit lang im Haus gegenüber gelebt haben soll und sich nie bei mir gezeigt hatte. Ich ging hinüber und hoffte, vielleicht seine Hauswirtschafterin zu treffen, die ich schon ein paar Mal beim Kommen und Gehen gesehen hatte.

Tatsächlich traf ich Anna Schenekova an, die gerade dabei war, die wenigen Hinterlassenschaften in Kisten zu packen. Ich stellte mich ihr vor, und als ich erwähnte, ich hätte Herrn Marschl persönlich gekannt, machte sie große Augen und meinte:

> *Sie werden doch nicht Fräulein Kathi sein, die mit ihm auf einer Reise ins Riesengebirge war? Der Herr Kapitän hat mir nämlich immer wieder einmal aus seinem Tagebuch vorgelesen, und ich habe ihn als Schriftsteller sehr bewundert.*

*Nach dem, was er aufgeschrieben hat, glaube ich, dass
er Sie sehr verehrt hat. Ich habe das Büchlein jetzt auf
seinem Sekretär gefunden mit einer Notiz, dass er es mir
zugedacht hat. Wenn Sie wollen, kann ich es Ihnen gerne
für ein paar Tage zum Lesen überlassen. <*

Dieses Angebot nahm ich sofort an und las in den folgenden Tagen alle Kapitel, manche auch ein zweites
Mal. Dabei fiel es mir wie Schuppen von den Augen,
wie sehr Johannes immer wieder um ein Zeichen meiner
Sympathie bemüht gewesen war. Diese Passagen bewegten mich sehr, und es stimmte mich traurig, dass ich
ihren Hintergrund damals nicht zur rechten Zeit erkannt
hatte.

Zur Beisetzung auf dem Wyschehrad hatte sich nur ein
kleiner Kreis eingefunden: Anna Schenekova und ihr
Sohn mit Frau und der kleinen Anna, ein paar Leute aus
der Spornergasse und ein älteres Ehepaar, vermutlich
seine Hauswirte. Was Anna Schenekova betrifft, die nun
erwerbslos geworden war, konnte ich sie mit meinem
Angebot überglücklich machen, sie ab sofort als Hauswirtschafterin zu übernehmen. Sie blieb mir als treue
Seele zeitlebens erhalten.

Dass Du, Johannes, auf ebendiesem Friedhof bestattet
werden wolltest, hattest Du ja testamentarisch verfügt.
Bei späteren Besuchen an Deinem Grab spürte ich immer mehr die Aura dieses Ortes und beschloss, auch für
mich hier eine Grabstelle reservieren zu lassen. So wurde es möglich, dass wir uns jetzt täglich begegnen können und so eine Art spätes Glück gefunden haben.

Rufus, wir hoffen, wir konnten mit der Schilderung unserer Lebenswege Ihren Wünschen gerecht werden, und Sie sind mit dem zufrieden, was Sie von uns erfahren haben. Wir hätten nie gedacht, dass die Aufzeichnungen von Johannes nach einhundertfünfzig Jahren noch einmal gelesen werden, und sind froh, dass sie bei Ihnen in die richtigen Hände gelangt sind.

Wir danken Ihnen, dass Sie unser heutiges Treffen angeregt haben, und würden uns freuen, wenn wir uns irgendwann wieder begegnen würden."

Inzwischen war der Himmel von Osten her allmählich heller geworden, und die Vögel in den Baumkronen des angrenzenden Parks hatten schlagartig ihr morgendliches Konzert angestimmt. Rufus erhob sich, dankte den beiden für ihre Offenheit und verabschiedete sich mit den Worten: „Es war für mich ein großes Erlebnis, Sie beide kennenzulernen – über eine weitere Begegnung würde auch ich mich sehr freuen. Leben Sie wohl!"

Dann rief er eine Wolke herbei, die kurz darauf bei der alten Rundkapelle im Park landete, wo sie ihn aufnahm und mit ihm in Richtung Westen entschwand. Nachdem sie ihn auf seinem Hügel in Rieden abgesetzt hatte, ließ er sich dort noch für eine Weile nieder und genoss beim Blick auf die bewaldeten Höhenzüge den prächtigen Sonnenaufgang.

Am Turm auf der Rottmannshöhe

Am Abend dieses herrlichen Frühsommertages traf sich Rufus mit Mathilde auf der Bank unter der Birke, um ihr von seiner Reise nach Prag zu berichten. Sie fand die Geschichte von Katharina und Johannes ebenso romantisch wie berührend, vor allem aber, dass sich die beiden zwar spät, aber immerhin doch in ihrem jetzigen Dasein gefunden hatten, und vor allem auch, dass sie vieles, was sie in ihrem ersten Leben versäumt hatten, jetzt noch erleben können. Sie meinte, solch sympathischen Menschen würde sie gerne auch einmal begegnen und vielleicht mit ihnen zusammen auf einer Wolke zur Schneekoppe reisen.

Der Juli begann mit ein paar Sommergewittern, die sich aber mit zunehmendem Vollmond verflüchtigten. Rufus hatte sich seit Tagen Gedanken gemacht, mit wem er sich wegen offener Fragen noch treffen könnte. Dabei fiel ihm ein, dass er vor Jahren von einem Bekannten einen Aktenordner zur Einsicht bekommen hatte, der am Rücken die Aufschrift *Felix Krull / Friedrich Kronberg* trug. Der hatte den Ordner im Nachlass seines Onkels gefunden, der ihn als Sammler unveröffentlichter Literatur laut beiliegendem Vermerk bei der Auflösung eines Starnberger Antiquariats erworben hatte.

Der Inhalt bestand zum einen aus ein paar Aktennotizen und Briefen, zum anderen aus einem dicken Konvolut von Tagebuchaufzeichnungen eines Friedrich Kronberg mit Datierungen zwischen 1904 und 1932. Quasi als Anhang gab es noch einen kleineren Packen von Interviews eines Hamburger Journalisten namens Gerhart Scharbeck, die er im Jahr 1970 auf Spurensuche in einigen Hotels rund um den Starnberger See geführt hatte.

Die ersten beiden Blätter mit dem Briefkopf des Journalisten enthielten ein paar Notizen zur Vorgeschichte des Ordners: Gerhart Scharbeck war 1969 im Auftrag eines Hamburger Wochenmagazins nach München gekommen, um zu den laufenden Vorbereitungen auf die Olympischen Spiele zu recherchieren, die in drei Jahren stattfinden sollten. Zufällig entdeckte er in der Tageszeitung eine Bekanntmachung, im Hauptpostamt sei in einem Kellerraum ein Depot von unzustellbaren Sendungen aus der Nachkriegszeit aufgefunden worden, deren Adressaten auf einer Liste im Foyer einzusehen seien.

Mit dem professionellen Instinkt des Journalisten folgte er dem spannenden Hinweis und fand tatsächlich einen Namen, der ihn hellwach machte: *Thomas Mann, Pacific Palisades, USA.* Er meldete sich beim Amtsvorsteher und erhielt ein Paket, als dessen Absender mit *Klaus Mann, dzt. c/o Hotel Vier Jahreszeiten / München* angegeben war. Eine Notiz erklärte den Grund der Unzustellbarkeit: *13. Mai 1945 / Beförderung nicht möglich, da Porto fehlt / Frankierung von der Dienststelle der Militärregierung verweigert / Absender nicht zu erreichen (lt. Auskunft von Hotel Vier Jahreszeiten).*

Die Sendung wurde ihm gegen Vorlage seines Presseausweises, Erstattung der Lagerungsgebühr sowie die

100

schriftliche Zusicherung ausgehändigt, er werde sie an die in Zürich-Kilchberg wohnhafte Witwe des mittlerweile verstorbenen Adressaten weiterleiten. Letzteres tat er allerdings nicht sofort, sondern erst, nachdem er das Paket geöffnet und den Inhalt inspiziert hatte, der sich als echter literarischer Fund erwies.

Aus einem kurzen Anschreiben von Klaus Mann ging hervor, dass er den Karton im Schreibtisch seines Vaters entdeckt hatte, als er in den ersten Tagen nach Kriegsende das ruinierte Elternhaus in München-Bogenhausen aufgesucht hatte. Dieser private Ausflug war ihm genehmigt worden, weil er seinerzeit als Dolmetscher im Dienst der Amerikaner gewisse Privilegien genoss.

Zurück in Hamburg, fertigte Scharbeck zunächst ein Transkript aller Dokumente in Maschinenschrift an. Unter den zuoberst abgehefteten Briefen fand er auch ein Schreiben eines Friedrich Kronberg an Thomas Mann, in dem dieser ihm seine Tagebuchnotizen aus den Jahren 1904 bis 1932 gegen ein angemessenes Honorar anbot. Dabei erinnerte er daran, er habe ihm ja bereits 1905 in Biarritz seine früheren Tagebücher überlassen, die in den *Bekenntnissen des Hochstaplers Felix Krull* mit Erfolg literarisch verwertet werden konnten.

Außerdem fand sich ein weiteres Anschreiben vom Januar 2009 an das Starnberger Antiquariat Hörmann, in dem ein Herr Hofmiller mitteilte, als Beauftragter eines Hamburger Wochenmagazins habe er beiliegenden Ordner im Nachlass von Gerhart Scharbeck gefunden und der Re-

101

daktion vorgelegt. Diese habe beschlossen, die Dokumente wegen des regionalen Bezugs Herrn Hörmann zu überlassen, weil dieser prädestiniert schien, in der Klientel seines Antiquariats einen Interessenten zu finden.

Nach Abschluss der Transkription schickte Scharbeck Mitte 1970 sämtliche handschriftlichen Originale in die Schweiz an die Adresse von Frau Katia Mann in Kilchberg. Im Begleitbrief fragte er höflich an, ob Frau Mann denn auch mit einer Bearbeitung und Publikation der Fundstücke einverstanden sei. Er erhielt jedoch keine Antwort, auch nicht bei einer weiteren Anfrage ein halbes Jahr später.

Nach Rekonstruktion der abenteuerlichen Vorgeschichte des literarischen Fundstücks und Verinnerlichung ihrer Zusammenhänge hatte Rufus die Lektüre der Tagebuchnotizen des Friedrich Kronberg, der von Thomas Mann das Pseudonym *Felix Krull* erhalten hatte, in Angriff genommen. Den Aufzeichnungen von dessen wechselnden Aufenthaltsorten konnte er folgendes entnehmen:
In Lissabon hatte Friedrich als falscher *Marquis de Beaufort* auf Kosten einer belgischen Adelsfamilie auf großem Fuß gelebt. Auf der Flucht vor der Polizei, die ihn im Auftrag der geprellten Adelsfamilie Beaufort aufspüren sollte, hatte er sich von Lissabon nach Biarritz abgesetzt, wo er 1905 als Oberkellner das Ehepaar Mann aus München bedient hatte, das inkognito auf Hochzeitsreise war. Im Gespräch hatte er seine früheren Tagebücher erwähnt, an denen Thomas Mann Interesse zeigte und sie zu einem moderaten Preis erwarb.

In den folgenden Jahren organisierte Friedrich, um sein Salaire aufzubessern, für die Hotelgäste Ausflugsfahrten mit amerikanischen Limousinen in die nahegelegenen Pyrenäen und attraktive Segeltörns mit privaten Yacht-besitzern des Seebads. Die ansehnlichen Honorare deponierte er am Fiskus vorbei auf einem Geheimkonto. Nach acht Jahren fanden wegen diverser Hoteldiebstähle plötzlich Razzien statt, bei denen die Kommissare glücklicherweise weder seine Kontobücher noch die Tagebuchnotizen entdeckten. Dieses Erlebnis versetzte ihm jedoch einen nachhaltigen Schock, sodass er 1912 einen Ortswechsel nach Bordeaux beschloss.

Dort besorgte er sich die Adresse eines Passfälschers und ließ sich Papiere auf den Namen *Fernand Corbeau* aus *Namur* in Belgien anfertigen. Er eröffnete Konten an zwei Banken im Zentrum, das eine auf den Namen *Corbeau* für seine regulären Bezüge und das andere auf den Namen *Kronberg* für nicht-deklarierte Trinkgelder und Honorare. Er fand rasch eine attraktive Anstellung an einem renommierten Hotel und nahm seine früheren Aktivitäten als Veranstalter von Exkursionen für Hotelgäste wieder auf.

Die Ausflüge zu den berühmten Weingütern der Region und zu rustikalen Fischlokalen an der *Grande Dune* bei Arcachon fanden guten Zuspruch, der in den Jahren des Weltkriegs etwas nachließ, aber nie ganz zum Erliegen kam. In den Wintermonaten begann er, Bridge-Turniere zu organisieren, deren Nenngelder ihm ebenso stattliche Nebeneinnahmen einbrachten wie seine zunehmenden Roulette-Erfolge in den Casinos der Stadt.

Nach drei Jahren fand plötzlich wieder eine Razzia statt, diesmal von der örtlichen Polizei, die nach potentiellen deutschen Spionen suchte, ihn selbst aber mit seinem *Corbeau*-Pass und seinem leichten Akzent wirklich für einen frankophonen Belgier hielt. Als vier Jahre später eine weitere Razzia, jetzt von der Steuerfahndung, erfolgte, die zum Glück weder seine Konto- noch die Tagebücher entdeckte, wurde ihm doch der Boden unter den Füßen zu heiß und er beschloss, das Land zu verlassen. Bei der Überlegung, ob er nach Deutschland oder in die Schweiz ausreisen solle, entschied er sich für Zürich, weil er die wirtschaftliche Lage dort für stabiler hielt. Vor der Abreise löste er sein offizielles *Corbeau*-Konto auf und ließ das geheime *Kronberg*-Konto vorerst weiter in Bordeaux stehen.

Im Herbst 1919 reiste er mit seinem deutschen Ausweis ohne Probleme in die Schweiz ein und mietete in Zürich als *Frederick Köberlin* aus *Basel* ein Zimmer in einer kleinen Pension. Auf diesen Namen besorgte er sich einen neuen Pass und eröffnete damit bei einer Bank im Zentrum ein reguläres Konto auf den Namen *Köberlin*. Mit dem deutschen Ausweis ließ er bei einem Geldinstitut am Bahnhofplatz wieder ein *Kronberg*-Konto einrichten und darauf den gesamten Bestand des Geheimkontos von Bordeaux übertragen.

Dank seiner guten Sprachkenntnisse fand er rasch eine attraktive Stelle als Oberkellner im renommierten *Grand Hotel Viktoria*, das ihm sogar in der Personaletage unter dem Dach ein Zimmer zur Verfügung stellte.

Eines Tages gab ihm sein Chef den Service-Auftrag für eine Clique von vier Herren, die sich als führende Bankiers wöchentlich zum *Jour fixe* in einem *Séparée* trafen. Nach kurzer Zeit wollten sie nur noch von ihm bedient werden, sodass er zwangsläufig immer wieder ihre Diskussionen über lukrative Investitionen mitbekam. Er begann, an der Börse die Kurse zu beobachten, und entschloss sich nach einiger Zeit zum Ankauf von Aktien der *Texas Oil Company*. Diese erlebten kurz darauf einen gewaltigen Boom mit stattlichen Gewinnen, die er auf sein *Kronberg*-Konto anweisen ließ und überwiegend als Goldbarren deponierte.

Irgendwann baten ihn die vier Bänker, doch auch ihre Gattinnen zu bedienen, die sich im Café-Salon des gleichen Hotels zweimal wöchentlich am Nachmittag zum Bridge trafen. Friedrich ließ sich vom Patron deren Tisch zuweisen und konnte den Damen dank seiner Turnierkenntnisse von Bordeaux immer wieder gute Tipps geben. Nebenbei bekam er aus ihren Gesprächen mit, bei welchen Investitionen ihre Gatten besonders erfolgreich gewesen waren. Gleichzeitig kam ihm die Idee, wie in Bordeaux auch hier am Hause Bridge-Turniere zu organisieren, was der Patron begrüßte, weil ihm dies für das Renommée des Hauses von Vorteil erschien. Diese Initiative löste eine lebhafte Nachfrage aus und brachte Friedrich mit den Nenngeldern einen beachtlichen Nebenverdienst.

Nach sechs Jahren tauchte eines Morgens überraschend die Schweizer Steuerfahndung zur Personalüberprüfung auf, weil dem Fiskus Unregelmäßigkeiten bei Bediensteten einiger Züricher Hotels aufgefallen waren. Friedrich bekam einen gehörigen Schreck, blieb aber nach Vorlage seines Schweizer Passes und des *Köberlin*-Kontos unbeanstandet und vor allem von einer Durchsuchung seines Zimmers verschont.

Dieses Erlebnis rief aber seine Erinnerungen an die Razzien von Biarritz und Bordeaux wieder wach und brachte ihn ins Grübeln. Er erwog einen Umzug nach Berlin, in dem jedoch gerade die *Wilden Zwanziger* tobten, entschied sich dann aber für das ruhigere München, wo die Zeit der Räterepublik weitgehend überwunden schien. Hinzu kam, dass er nach den unsteten Zeiten seiner Fluchten ein wachsendes Bedürfnis nach einem ruhigeren Leben verspürte.

Er ließ sich sein *Köberlin*-Konto in Schweizer Franken auszahlen, das Depot seines *Kronberg*-Kontos mit Aktien und Gold jedoch weiter in Zürich stehen, weil er es dort für besser gesichert hielt.

Bei der Ausreise Anfang November 1925 mit dem Nachtzug über Basel gab es mit seinem deutschen Pass keine Probleme, sodass er pünktlich zu Mittag in München eintraf. In der Innenstadt stellte er sich im Hotel *Vier Jahreszeiten* vor, wo jedoch im Augenblick keine freie Stelle verfügbar war. Von der Rezeption bekam er jedoch die Empfehlung, im Hotel *Bayrischer Hof* im nahen Starnberg anzufragen. Dort war man von seinen Sprachkenntnissen und den klangvollen Namen der bisherigen Arbeitgeber beeindruckt und stellte ihn, obwohl die Saison schon fast zu Ende war, als Oberkellner ein.

Es wurde eine gute Zeit für ihn, da er bei den Mitarbeitern sehr beliebt war und von den Gästen außerordentlich geschätzt wurde. Er begann, an freien Tagen auf Spaziergängen und Wanderungen die Gegend um den See zu erkunden, und wurde sich dabei erstmals bewusst, welch günstigen Einfluss das Erleben der Natur auf die Ausgeglichenheit, Zufriedenheit und innere Ruhe des Menschen haben kann.

Um seine neue Heimat noch besser kennenzulernen, wechselte er nach zwei Jahren an ein Hotel in Seenähe am Nachbarort Feldafing, die *Kaiserin Elisabeth*. Auch hier war er bei den Stammgästen äußerst beliebt und wurde von ihnen, nachdem die Chefin des Hauses einiges über seine Zeit in Frankreich verbreitet hatte, scherzhaft mit *Monsieur Fritz* angesprochen.

Bei Gesprächen mit den Gästen lernte er auch einen Dr. Richter kennen, einen Kunstsammler aus München, der zusammen mit Thomas Mann eine kleine Sommervilla im nahen Feldafing erworben hatte, die sie das *Villino* nannten. Als Friedrich ihn bei einer seiner Wanderungen dort antraf und ihm erzählte, er sei dem Ehepaar Mann bereits früher in Biarritz begegnet, staunte dieser nicht schlecht und erwähnte dabei, hier im Villino habe Herr Mann einige Passagen zu seinem *Zauberberg* verfasst.

Ein Jahr darauf folgte Friedrich seinem Nomadentrieb, der ihm aus früheren Zeiten wohl in Fleisch und Blut übergegangen war, und bewarb sich um eine Stelle bei der *Alten Post* in Seeshaupt, die majestätisch über dem Südende des Sees lag. Auch dieses Fleckchen Erde kam seinem Wandertrieb entgegen, und er entdeckte in der Umgebung viele schmucke Dörfer, stille Moorseen und gemütliche Landgasthöfe.

Unter den Stammgästen der *Alten Post* war auch ein Kunstmaler namens *Hermann Ebers*, mit dem er sich beim Besuch seines benachbarten Ateliers anfreundete. Er war ein Freund von Thomas und Katia Mann und recht erstaunt, als er von Friedrich hörte, er habe das Ehepaar bereits vor fünfundzwanzig Jahren in Biarritz kennengelernt.

Um auch die Region östlich des Sees näher zu erkunden, stellte sich Friedrich zwei Jahre später beim Hotel *Schloss Berg* vor. Auch hier gefielen ihm die unmittelbare Lage am See, die prachtvollen Villen in der Nachbarschaft und die sanften Hügel ringsum, die zu reizvollen Erkundungen einluden.

Auf einer seiner Wanderungen lernte er im Biergarten der *Alten Post* des Nachbarorts Aufkirchen einen jungen Kellner namens Franz *Kreitmeyer* kennen. Der war noch nie von seinem Heimatdorf weggekommen, weil er seine Mutter unterstützen musste, die als Kriegerwitwe eine kleine Landwirtschaft betrieb. Von Friedrichs Erzählungen über seine Zeit in Portugal, Frankreich und der Schweiz war er völlig fasziniert und wünschte sich nichts sehnlicher, als eines Tages auch in die große weite Welt zu kommen.

Irgendwann erzählte Friedrich seinem jungen Freund, er habe seine Tagebücher von Frankreich, der Schweiz und Deutschland mit Erfolg verkaufen können, und zwar an einen Münchner Schriftsteller, dessen Namen er jedoch nicht preisgeben wollte. Mit dieser Mitteilung, datiert auf *Oktober 1932*, endeten die handschriftlichen Tagebuchaufzeichnungen des Friedrich Kronberg.

Als letztes hatte Rufus die Manuskripte der Interviews durchgesehen, die Gerhart Scharbeck im April 1970 auf der Suche nach Zeitzeugen in den Hotels rund um den See geführt hatte.

In Starnberg hörte Scharbeck von der Hauswirtschafterin des *Bayrischen Hofs*, die Friedrich seinerzeit als junges Zimmermädchen Mariandl ins Haus eingeführt hatte, was für ein freundlicher und unternehmungslustiger Mensch er gewesen sei.

In Feldafing schwärmte die Seniorchefin der *Kaiserin Elisabeth*, welch aufmerksamer Mitarbeiter er gewesen sei und wie beliebt er wegen seines angenehmen Umgangs bei allen Gästen war.

In Seeshaupt bestätigte der Küchenchef der *Alten Post*, Fritz sei als stets gut aufgelegter Mitarbeiter von allen geschätzt worden. Er selbst habe von ihm immer wieder gute Tipps aus der französischen Küche und Empfehlungen zu guten Weinen bekommen.

In Berg gab es im *Schlosshotel* zwar keine Zeitzeugen mehr, aber bei einem kurzen Abstecher zum Nachbarort Leoni traf Scharbeck den Sohn des Fischers Gastl an, der sich an Friedrich erinnern konnte, weil dieser seinen Vater und ihn hartnäckig darum gebeten hatte, einmal frühmorgens mit hinaus zum Fischen fahren zu dürfen.

Anschließend hatte der Journalist das Glück, in der *Alten Post* in Aufkirchen tatsächlich noch Franz Kreitmeyer anzutreffen, der ihm einiges von Friedrich erzählen konnte. Nach dessen plötzlicher Auswanderung nach Amerika hatte er von ihm eine Postkarte sowie zuletzt einen begeisterten Brief aus New York erhalten.

Franz gab ihm den Tipp, in Berg beim Konditor Graf im *Café Maurus* reinzuschauen, einem Bruder des Schriftstellers Oskar Maria Graf, der nach Ächtung durch die Nazis noch vor Ausbruch des Zweiten Weltkriegs nach New York ausgewandert war.

Maurus Graf, der bei namhaften Schriftstellern wegen seiner außergewöhnlichen Literaturkenntnisse bekannt und nicht weniger berühmt wegen seiner *Fürst Pückler-Torte* war, konnte sich gut an Friedrich als unterhaltsamen Menschen erinnern, weil er ein paar Mal bei ihm eingekehrt war.

Scharbeck konnte ihm hinwiederum berichten, er habe seinen Bruder bei seinem München-Besuch 1958 nach einer Lesung im Interview erlebt. Auf die Frage eines Journalisten, was für ihn *Heimat* bedeute, habe er geantwortet, das seien für ihn jetzt New York und der Stammtisch deutscher Exilanten, den er dort 1943 im Gasthaus *Alt-Heidelberg* gegründet habe. Ab und zu habe er aber doch schon so etwas wie *Heimweh* verspürt, wenn er im Gespräch mit einem deutschen Kellner, der früher ein paar Jahre in Berg gearbeitet hatte und von den Stammgästen mit *Mister Fritz* angeredet wurde, an seinen Heimatort erinnert wurde.

Diese Mitteilungen von Zeitzeugen ließen bei Scharbeck keinen Zweifel daran, dass *Friedrich Kronberg* nicht das Pseudonym irgendeines Tagebuchfälschers war, sondern dass es ihn wirklich gegeben hat und dass er nach seiner Emigration einige Zeit in New York gelebt haben muss. Für Rufus waren allerdings einige Fragen offen geblieben, wie beispielsweise, wo Friedrich sich mit Thomas Mann getroffen hatte, um ihm seine Tagebuchnotizen ab 1904 anzubieten, ob er denn für immer in Amerika geblieben sei, ob es wirklich zutreffe, dass er im *Alt-Heidelberg* den Stammtisch der deutschen Emigranten bedient hatte, ob ihm seine Naturverbundenheit auch in

Amerika erhalten geblieben sei, oder auch, ob er dort seine Börsengeschäfte mit Erfolg weiterbetrieben habe.

Dem Bekannten, der ihn um seine Meinung dazu gebeten hatte, gab Rufus die Kronberg-Transkripte zurück mit dem Kommentar, er halte sie in der Tat für absolut publikationswürdig. Das Urheberrecht spiele dabei wohl keine Rolle, da dessen Frist mittlerweile abgelaufen sei.

Einige Tage, bevor der Mond sich voll rundete, machte Rufus den Versuch, mit Friedrich Kronberg in Verbindung zu treten. Er ließ sich abends auf dem Hügel nieder und konzentrierte sich auf den Namen des Gesuchten, wobei er als Zielorte New York und seinen Geburtsort Eltville angab. Es dauerte einige Zeit, bis sich eine Stimme hören ließ: „Ich bin Friedrich Kronberg und melde mich aus der Nähe von New York. Sie haben mich gesucht, weil Sie einige Fragen an mich haben. Woher kennen Sie meinen Namen, und was möchten Sie von mir wissen?"

„Ich bin Rufus Achheim", war die Antwort. „Ich habe Sie von Starnberg aus gesucht und freue mich, Sie erreicht zu haben. Ihren Namen kenne ich aus den Tagebuchnotizen, die Sie Herrn Thomas Mann 1932 verkauft haben. Ich habe sie zufällig in die Hand bekommen, und zwar als Transkript in Maschinenschrift, und fand Ihre Lebensgeschichte äußerst spannend.
Für mich sind zum Schluss einige Fragen offen geblieben, die ich gerne mit Ihnen klären möchte. Ich würde

dies am liebsten im Beisein des Ehepaares Mann tun, mit dem ich gleichfalls ein paar Dinge zu besprechen hätte. Wären Sie damit einverstanden, dass ich mit den Manns ein gemeinsames Treffen vereinbare? Als Ort schlage ich die Rottmannshöhe am Ostufer unseres Sees oberhalb von Leoni vor, die Sie und Herr Mann sicher kennen. Was halten Sie davon, und wann wäre dies, da Sie ja die weiteste Anreise haben, für Sie möglich?"

„An solch einem Treffen hätte ich großes Interesse", war die Antwort. „Ich würde meine Reise gerne in Arcachon unterbrechen, um nochmals die Große Düne zu besuchen, und könnte übermorgen um Mitternacht auf der Rottmannshöhe sein – am besten bei dem mächtigen Turm, den man dort zum Andenken an Reichskanzler Bismarck errichtet hat." „Das finde ich großartig", gab Rufus zurück. „Ich werde Ihnen noch heute Bescheid geben, ob das Ehepaar Mann auch kommen wird."

Rufus dachte einige Augenblicke sehr konzentriert an Katia und Thomas Mann und an Zürich-Kilchberg in der Schweiz. Dann war eine weibliche Stimme zu hören: „Ich bin Katia Mann und melde mich aus Kilchberg. Darf ich fragen, in welcher Angelegenheit Sie mit uns sprechen möchten?"

„Mein Name ist Achheim", entgegnete Rufus, „und ich melde mich aus Starnberg. Es geht um die Tagebücher, die ein Herr Friedrich Kronberg 1932 ihrem Gatten gegen Honorar überlassen hat. Ich habe deren maschinengeschriebene Transkripte zur Beurteilung vorgelegt bekommen und mit großem Interesse gelesen.

Das Paket mit den originalen Dokumenten war 1945 von Ihrem Sohn Klaus im Hauptpostamt München aufgegeben worden, wegen Frankierungsproblemen aber liegengeblieben. 1969 wurde es dort zufällig von einem Hamburger Journalisten entdeckt und 1970 an Sie nach Kilchberg weitergeleitet, ohne dass dafür eine Eingangsbestätigung zurückkam.

Von Ihnen, Frau Katia, würde ich gerne erfahren, ob dieses Paket wirklich bei Ihnen angekommen ist, und weiterhin von Ihrem Mann, wo er sich 1932 mit Herrn Kronberg zur Übergabe der Tagebücher getroffen hat. Und schließlich, ob er vor Ihrer Emigration in die Schweiz 1933 überhaupt noch Gelegenheit hatte, sich die Manuskripte näher anzusehen.

Da ich noch ein paar weitere Fragen auf dem Herzen habe, schlage ich Ihnen vor, sich mit Herrn Kronberg und mir zu treffen, und zwar übermorgen um Mitternacht am Aussichtsturm auf der Rottmannshöhe oberhalb von Leoni."

Jetzt ließ sich eine männliche Stimme vernehmen: „Ich bin Thomas Mann und höre mit großem Erstaunen, was aus diesen Tagebüchern geworden ist. Natürlich sind wir daran interessiert, dazu Näheres zu erfahren, und werden uns gerne am genannten Treffpunkt einfinden. Vorerst danken wir Ihnen für Ihr freundliches Engagement und freuen uns darauf, Sie kennenzulernen. Leben Sie wohl!"

Rufus dankte den Manns für Ihre spontane Zusage und meldete sich noch kurz bei Friedrich Kronberg, um ihm Zeitpunkt und Ort des Treffens zu mitzuteilen. Den nächsten Tag verbrachte er damit, nochmals über einige Passagen aus den Transkripten nachzudenken, die ihm als die wichtigsten in Erinnerung geblieben waren. Am folgenden Abend stieg er, da er keinen weiten Weg vor sich hatte, erst kurz vor Mitternacht auf den Hügel und rief eine Wolke herbei, die ihn über den See hinüber zum Ostufer trug und auf dem Höhenzug oberhalb des See-hotels *Leoni* auf einer Wiese absetzte.

Es war eine sternklare Nacht. Beim Blick nach Süden sah Rufus in der Sichtachse zwischen zwei Buchen-gruppen auf den See, der matt im Mondlicht glänzte. Er wandte sich um zur wuchtigen Silhouette des Bismarck-Turms und erblickte auf der Rampe über dem Aufgang zwei Gestalten, die zu ihm herüberschauten und ihm zu-winkten. Er grüßte zurück und war sich im Näherkom-men sicher: Das konnte nur das Ehepaar Mann sein!

Rufus stieg die Treppe zur Rampe hoch und begrüßte die beiden mit angemessenem Respekt. Katia hatte einen dunklen Tuchmantel mit Pelzrevers an, dazu einen zwar eleganten, aber etwas altmodischen Reisehut, und Tho-mas trug zu einem hellen Trenchcoat eine sportliche Schirmmütze und elegante Stiefeletten mit Gamaschen.

„Frau Katia und Herr Thomas Mann – ich freue mich, dass Sie meinem Wunsch gefolgt sind und ich Sie ken-nenlernen darf. Ich habe Ihnen ja schon mitgeteilt, dass ich ein Transkript der Tagebücher des Herrn Kronberg in die Hand bekam, das ich mit wachsender Spannung durchgesehen habe. Dabei waren für mich einige Dinge unklar geblieben, die wir vielleicht in der Wartezeit auf Herrn Kronberg schon ansprechen können. Er hat von New York her eine etwas längere Anreise, wird aber sicher bald hier sein.

Frau Katia, Sie haben doch nichts dagegen, wenn ich zuerst ihren Gatten befrage?

Herr Mann, mich würde sehr interessieren, wo Sie sich mit Herrn Kronberg Ende 1932 getroffen haben, um über das Honorar für die angebotenen Dokumente zu verhandeln. Weiterhin, ob Sie die Tagebücher überhaupt noch lesen konnten, bevor Sie sich im Jahr darauf mit Ihrer Emigration in die Schweiz dem Ausbürgerungsverfahren der Nazis entziehen mussten. Und schließlich: Haben Sie je daran gedacht, den *Bekenntnissen des Hochstaplers Felix Krull* einen zweiten Band folgen zu lassen?"

„Das kann ich Ihnen mit wenigen Sätzen beantworten", ergriff Thomas Mann das Wort. „Wir hatten uns seinerzeit im Seehotel *Leoni* verabredet, und Katia und ich gönnten es uns, an diesem herrlichen Oktobertag eine kleine Ruderpartie mit einem Boot vom Fischer Gastl zu unternehmen. Ich konnte die Manuskripte vor Ort zwar nur stichprobenartig prüfen, entdeckte dabei aber einige Passagen, die mir recht interessant erschienen.

Es ist richtig: Ich hatte mich schon seit einigen Jahren mit dem Gedanken getragen, einen Fortsetzungsband zum *Felix Krull* zu verfassen. Jetzt sah ich die Möglichkeit dazu und ging auf Herrn Kronbergs Honorarvorschlag von 2.000 Reichsmark ein. Das war zwar viel Geld, aber nachdem ich drei Jahre zuvor für die *Buddenbrooks* den Nobel-Preis erhalten hatte und dieser recht gut dotiert gewesen war, konnten wir uns das leisten. Leider war es mir nur sporadisch möglich, Einblick in die Tagebücher zu nehmen, da wir, als wir uns 1933 auf einer Vortragsreise nach Arosa befanden, wegen der Bedrohung durch die Nazis nicht mehr nach München zurückkehren konnten. Nachdem wir dann 1942 im kalifornischen *Pacific Palisades* ansässig geworden waren, wäre es natürlich für mich ein motivierender Ansporn gewesen, wenn ich das Paket erhalten hätte, das Klaus 1945 in München zur Post gegeben hatte. Insofern empfinde ich es als Ironie des Schicksals, dass es wegen eines lächerlichen Porto-Problems liegengeblieben ist. Ich denke, damit dürften Ihre Fragen wohl zur Genüge beantwortet sein."

„Fürs erste haben Sie mir damit ausreichend Klarheit verschafft, aber es werden wohl noch einige Rückfragen nachkommen", dankte Rufus.
„Frau Katia, darf ich jetzt an Sie eine Frage richten: Haben Sie das Paket mit den Originalmanuskripten erhalten, das Ihnen der Hamburger Journalist Scharbeck Mitte 1970 nach Kilchberg geschickt hat? Wenn ja, warum haben Sie ihm den Eingang nicht bestätigt, auch nicht nach nochmaliger Anfrage?"

„Als erstes schon mal vorweg: Das Paket ist wirklich angekommen!" begann Frau Katia. „Ich war natürlich erstaunt über die Vorgeschichte, die mir der Journalist im Begleitbrief mitgeteilt hatte. Zur Anfrage wegen einer Bearbeitung und Publikation kam ich jedoch nach reiflicher Überlegung zum Entschluss, einer solchen Weiterverwertung nicht zuzustimmen. Ich hatte große Bedenken, dass dadurch das Original des *Felix Krull* von Thomas, das mit der Zeit endete, bevor wir Herrn Kronberg in Biarritz begegnet waren, abgewertet werden könnte. Ich befragte dazu auch unseren Sohn Golo, der meine Meinung teilte und zu bedenken gab, dass Thomas mit der Übernahme der Manuskripte quasi auch die alleinigen Urheberrechte erworben hatte.

Im Nachhinein muss ich zugeben, dass es vielleicht anständig gewesen wäre, mit einer schriftlichen Begründung meiner Ablehnung quasi den Empfang zu bestätigen. Aber ich schrieb eben nicht gern Briefe und befürchtete insgeheim eine endlose Korrespondenz. Wie Golo beim Ordnen des Nachlasses mit diesen Dokumenten verfahren ist, ist mir nicht bekannt.

Wenn ich jetzt höre, dass der Hamburger Journalist davon, ohne mich zu fragen, Transkripte angefertigt hat, sehe ich mich nachträglich irgendwie hintergangen. Auf der anderen Seite ist nicht zu leugnen, dass diese eigenmächtige Maßnahme auch etwas Gutes zur Folge hatte, indem sie die Voraussetzung dafür geschaffen hat, dass unser heutiges Treffen überhaupt zustande kam."

„Das ist wirklich das Verdienst des Journalisten Gerhart Scharbeck", warf Rufus ein. „Sie müssten ihn übrigens kennen, denn bei Ihrem letzten München-Besuch im Jahr 1952 hatte er das Glück, im Hotel *Vier Jahreszeiten* mit Ihnen beiden ein Interview führen zu dürfen. Dass er es

war, der später die Manuskripte aufgefunden hat, ist ein schier unglaublicher Zufall.
Frau Katia, ich darf Ihnen für Ihre Offenheit danken und kann jetzt besser verstehen, weshalb Sie nicht geantwortet haben."

Inzwischen war eine Schleierwolke herangezogen und auf der Wiese gelandet, die im hellen Mondlicht lag. Daraus löste sich die Gestalt eines Mannes, der langsam in Richtung Turm heraufkam. Er hatte weißes Haar, war bartlos und trug eine lange Jacke in Art eines Walkjankers, dazu Kniebundhosen und feste Wanderschuhe. Rufus stieg die Steintreppe hinab und ging ihm entgegen.

„Herr Kronberg, ich bin Rufus Achheim und freue mich, dass Sie den weiten Weg von New York hierher auf sich genommen haben", begrüßte er ihn. „Ich hoffe, Sie hatten eine angenehme Reise und konnten in Arcachon an der Großen Düne die geplante Zwischenrast einlegen. Der großartige Meerblick war sicher eine schöne Erinnerung an die früheren Exkursionen, die Sie von Bordeaux aus mit Ihren Hotelgästen unternommen haben."

„Herr Achheim, ich danke Ihnen, dass Sie dieses Treffen arrangiert haben", entgegnete Friedrich Kronberg, „und freue mich außerordentlich, Sie kennenzulernen und das Ehepaar Mann wiederzusehen. Darf ich Sie der Einfachheit halber mit *Rufus* ansprechen und Sie bitten, mich *Friedrich* zu nennen? Ja, ich hatte eine gute Reise und konnte noch im letzten Tageslicht einige der herrlichsten Landschaften Frankreichs und der Schweiz erleben."

Inzwischen hatten sie den Aufgang zur Rampe genommen, wo Friedrich von den Manns wie ein alter Bekannter begrüßt wurde. Immerhin war es weit mehr als ein Jahrhundert her, dass sie sich erstmals in Biarritz begegnet waren, und ein weiteres Mal fünfundzwanzig Jahre danach, als sie sich hier in Leoni getroffen hatten.

Nach dem freudigen Begrüßungszeremoniell ergriff Rufus das Wort. „Ich habe Sie für heute hierher gebeten, weil für mich nach der Lektüre von Friedrich Kronbergs Tagebuchnotizen einige Fragen offen geblieben sind. Friedrich – wir hatten uns gerade, bevor Sie hier ankamen, darüber unterhalten, was aus Ihren Tagebüchern eigentlich geworden ist. Ich gehe davon aus, dass auch Sie dies gerne wüssten, und so will ich diese abenteuerliche Geschichte nochmals in aller Kürze schildern.
Das Ehepaar Mann war 1933 während einer Reise in die Schweiz vom Ausbürgerungsverfahren der Nazis überrascht worden und konnte nicht mehr nach München zurückkehren. Die Dokumente Ihres Tagebuchs lagen in einer Schreibtischschublade der Münchner Villa und wurden 1945 von Klaus Mann aufgefunden, der als Dolmetscher bei der amerikanischen Besatzung in München eingesetzt war. Er adressierte sie an seinen Vater in Kalifornien und ließ die Sendung am Hauptpostamt München aufgeben mit der Weisung, die Portokosten von der Militärregierung begleichen zu lassen.
Dieses seinerzeit übliche Verfahren klappte nicht, und so blieb das Paket im Depot liegen, bis es 1969 zufällig von einem Hamburger Journalisten entdeckt wurde. Der be-

kam es ausgehändigt unter der Zusicherung, er werde es an Frau Katia Mann nach Kilchberg weiterleiten. Bevor er die originalen Manuskripte jedoch abschickte, fertigte er sicherheitshalber Transkripte aller Dokumente an, die er später durch eigene Recherchen ergänzte. Seine Anfrage bei Frau Katia, ob sie einer Publikation zustimmen würde, blieb unbeantwortet. Der Verbleib der Originale ist unklar – sie müssen wohl in Vergessenheit geraten und irgendwann verloren gegangen sein.

Dagegen wurde der Ordner mit allen Transkripten später im Nachlass des Hamburger Journalisten gefunden und gelangte auf Umwegen nach Starnberg in die Hand eines Sammlers unveröffentlichter Manuskripte. Ein Neffe entdeckte die Unikate in seinem Nachlass und legte sie mir vor einigen Jahren vor mit der Frage, wie ich ihre publizistische Verwertbarkeit einschätze.

Nun wollen sicher auch Sie, Frau Katia und Herr Mann, die Möglichkeit wahrnehmen, Fragen an Friedrich zu stellen. Dazu würde ich vorschlagen, dass er uns zunächst in groben Zügen nochmals seinen abenteuerlichen Weg von Biarritz an den Starnberger See schildert.

Ich selbst konnte bei der Lektüre der Transkripte mit großer Spannung verfolgen, wie sich ein Friedrich Kronberg vom Hochstapler über einen professionellen Pass- und Steuerbetrüger, einfallsreichen Tourismusagenten, begabten Glücksspieler und erfolgreichen Börsenspekulanten zum überzeugten Naturfreund gewandelt hat.

Wenn Sie einverstanden sind, wollen wir zunächst hören, was Sie, Friedrich, in den Jahren zwischen 1904 und 1932 erlebt haben – vor allem auch, warum Sie nach Amerika gingen und was Sie dort erlebt haben."

Friedrich dankte, überlegte kurz und begann dann mit seiner Geschichte: „Wie Sie wissen, hatte ich die Identität des Marquis de Beaufort angenommen, damit dieser sich in Paris mit einer leichten Dame ungestört amüsieren konnte. Ich lebte auf Kosten der belgischen Adelsfamilie auf großem Fuß und reiste umher, bis der Schwindel aufflog und die Beauforts mich durch die Polizei zur Fahndung ausschreiben ließen. Ich musste Lissabon bei Nacht und Nebel in Richtung Frankreich verlassen und landete in Biarritz, wo ich in einem renommierten Hotel eine Anstellung als Kellner fand und Ihnen, Frau Katia und Herr Mann, erstmals begegnete.
Sie haben vielleicht meinen Tagebüchern entnommen oder soeben bereits gehört, dass die folgenden Jahre von häufigen Ortswechseln geprägt waren, wobei ich jedoch stets eine angemessene Stellung als Oberkellner an großen Häusern fand. Der Grund für dieses Nomadenleben war ein wiederholter Zwang zur Flucht, zum einen vor der Polizei, die von den Beauforts auf mich gehetzt worden war, zum anderen vor der Finanzbehörde, die mich wegen des Verdachts auf Steuerhinterziehung im Visier hatte. Ich hatte das große Glück, bei allen Hotel-Razzien unbeschadet davonzukommen, aber der damit verbundene Schrecken hielt mich in ständiger Unruhe.
Bereits in Biarritz hatte ich angefangen, mit lukrativen Nebentätigkeiten mein Gehalt aufzubessern, indem ich für die Hotelgäste Tagesausflüge in die nahen Pyrenäen und Segeltörns mit privaten Yachtbesitzern organisierte. Die Honorarbeträge deponierte ich am Fiskus vorbei auf einem Geheimkonto.

In Bordeaux besorgte ich mir einen belgischen Pass und konnte durch Exkursionen zu Fischerdörfern bei Arcachon und zu Weinverkostungen an regionalen Domänen für stattliche Nebenverdienste sorgen. In der ruhigeren Wintersaison war ich mit wachsendem Erfolg beim Roulette in den Casinos der Stadt unterwegs. Vom Weltkrieg, der in diesen Jahren tobte, bekam ich in unserer entlegenen Region kaum etwas zu spüren.

In Zürich richtete ich Bridge-Turniere aus, die mir bei wachsendem Zuspruch beträchtliche Nenngelder einbrachten. Über Börsenmakler, die ich als Stammgäste bediente, bekam ich wertvolle Tipps für Investitionen in amerikanische Erdölkonzerne, die beachtliche Gewinne abwarfen. Von der Inflation und der Weltwirtschaftskrise in diesen Jahren blieb ich so gut wie verschont.

Nachdem ich an allen diesen Orten ein zwar abwechslungsreiches, aber wegen der Befürchtung von Polizei und Steuerfahndung stets unruhiges Leben geführt hatte, wuchs in mir das Bedürfnis nach einem entspannteren Dasein. Nach den Aufregungen bei der letzten amtlichen Personenkontrolle in Zürich entschloss ich mich zur Ausreise nach Deutschland und entschied mich für München, das mir ruhiger zu sein schien als Berlin.

In der Landeshauptstadt angekommen, sprach ich als erstes beim Hotel *Vier Jahreszeiten* vor, das zur Zeit jedoch keine Vakanz hatten. Der Herr an der Rezeption empfahl mir aber, beim *Bayrischen Hof* im nahen Starnberg anzufragen, wo ich tatsächlich auf Anhieb eine Anstellung bekam.

Was folgte, war für mich die wohl beste Zeit meines Lebens. Das Hotel, dessen Mitarbeiter und Gäste ich als

sehr angenehm empfand, lag direkt gegenüber der Seepromenade und wurde für mich in der Freizeit zum Aus-
gangspunkt für viele wunderbare Spaziergänge, anregen-
de Ausflüge und erlebnisreiche Wanderungen. Ich spürte
mehr und mehr, wie diese idyllische Landschaft rund um
den See und der blaue Himmel mit dem Gebirgspanorama im Süden aus mir einen gelassenen Menschen machte, der mit sich im Reinen war.

Um möglichst viel von diesem schönen Fleckchen Erde
zu erleben, wechselte ich alle zwei bis drei Jahre zu
einem anderen der Seehotels – zuerst zur *Kaiserin Elisabeth* in Feldafing, dann zur *Alten Post* in Seeshaupt und
schließlich zum *Schlosshotel* in Berg.

Dabei begegnete ich unter den Stammgästen vielen sympathischen Menschen, von denen einige sogar das Ehepaar Mann kannten. Darunter waren der Münchner
Kunstsammler Dr. Richter, der eine kleine Sommervilla
in Feldafing besaß, und der Kunstmaler Hermann Ebers,
der in Seeshaupt nahe der *Alten Post* sein Atelier hatte.

Gute Freunde wurden für mich Franz Kreitmeyer, ein
junger Kellner, den ich im Biergarten der *Alten Post* in
Aufkirchen kennenlernte, der Fischer Gastl aus Leoni,
mit dem ich einmal sogar frühmorgens zum Fischen hin-
ausfahren durfte, und der Konditor Maurus Graf, den ich
öfter mal in seinem Café in Berg besuchte.

In dieser Zeit wandelte ich mich von einem rastlos Ge-
hetzten zum in sich ruhenden Naturfreund, und wenn ich
meinte, alles schon gesehen zu haben, dann entdeckte
ich immer noch etwas Neues oder empfand, je nach Jah-
reszeit, bereits Bekanntes wie ein Ersterlebnis.

Damit möchte ich vorerst schließen, weil an dieser Stelle auch die Tagebücher enden, die ich 1932 Ihnen, Herr Mann, übereignet habe."

Hier gab Thomas Mann mit einer diskreten Handbewegung zu verstehen, dass er etwas anzumerken hatte.
„Sie erwähnten, dass Sie bei Ihren beruflichen Stationen rund um den See Freunde von uns kennengelernt haben, nämlich Herrn Dr. Georg Richter in Feldafing und den Kunstmaler Hermann Ebers in Seeshaupt. Das weckt in mir Erinnerungen an manch inspirierende Begegnung.
Als mich Herr Richter während eines meiner Sommeraufenthalte in Feldafing besuchte, fragte ich ihn nach dem mächtigen Gebäude, das man beim Blick vom *Villino* aus über den See auf einem Höhenzug oberhalb des Ostufers liegen sah. Er erklärte mir, der Bau befinde sich auf der *Rottmannshöhe* und sei vor dem Krieg ein Hotel gewesen, das danach von den Jesuiten übernommen wurde und als Exerzitienhaus großen Zuspruch fand. Diesen Hinweis nahm ich zum Anlass, ihn über diesen militanten Orden auszufragen, und konnte dieses Wissen auch mit dem vertrackten Disput zwischen dem Humanisten Settembrini und dem Jesuiten Naphta in meinen *Zauberberg* einbringen.
Leider musste Georg Richter die kleine Villa wieder verkaufen, bevor er 1924 nach Florenz ging, und zwar für zwei Billiarden Papiermark. Für mich als Teilhaber war dies ein herber Verlust, da mein Anteil daran auf Grund der Inflation so gut wie wertlos geworden war.
Was Herrn Ebers betrifft, habe ich ihm gewissermaßen den gedanklichen Anstoß zu meinem Werk *Joseph und*

seine Brüder zu verdanken. Wir hatten ihn 1911 als seine ersten Gäste besucht, als er soeben seine Villa in Seeshaupt erworben hatte. Bei einem weiteren Mal zeigte er mir eine Mappe mit Lithographien, welche die biblische Josephslegende zum Thema hatten. Die starken Bilder sprachen mich an und inspirierten mich später zu meiner *Joseph-Tetralogie*.
Interessant fand ich dabei den Bezug zu Ägypten, wohin Joseph ja als Sklave verschleppt worden war. Ich denke, hier wurde Hermann Ebers vielleicht auch von seinem Vater Georg angeregt, der als Ägyptologe in Theben zufällig eine Papyrus-Rolle gefunden hatte – ein Fundstück aus einer Raubgrabung, welches das gesamte medizinische Wissen der alten Ägypter aus der Zeit vor über dreitausend Jahren enthielt. Dieser nach ihm benannte *Papyrus Ebers* hat seinem Finder später immerhin zu einer gewissen Berühmtheit verholfen."

Schon während Friedrich berichtete, hatte Frau Katia immer wieder skeptisch den Kopf gewiegt oder zustimmend genickt, konnte jetzt aber kaum noch an sich halten.
„Herr Kronberg, das war wirklich eine großartige Lebensgeschichte, die Sie uns da erzählt haben. Sie waren nicht nur neugierig, unternehmungslustig und einfallsreich, sondern Sie hatten auch das Talent, auf Menschen zuzugehen und sie für sich einzunehmen. Ihre Fähigkeiten, die mühsam erworbenen Nebeneinkünfte dem nimmersatten Staat vorzuenthalten, sind für mich eher amüsant als kriminell und sprechen dafür, dass Sie fast so etwas wie Nerven aus Stahl hatten.

Was mich jetzt natürlich am meisten interessiert, ist die Frage: Warum sind Sie nicht in Ihrer neu gewonnenen Heimat geblieben, sondern, wie wir soeben von Rufus gehört haben, nach New York gegangen? Konnten Sie sich denn in dieser Weltstadt auch Ihre Naturverbundenheit bewahren, oder haben Sie dort wieder mit Börsenspekulationen begonnen?"

Friedrich zögerte kurz, als wollte er darüber nur ungern sprechen, ergriff aber dann doch das Wort.
„Das ist eine Geschichte, mit der sich mein Leben nochmals schlagartig und von Grund auf verändert hat. Im Hotel *Schloss Berg* hatte ich im Herbst 1935 ein Erlebnis, das mich wie ein Blitz aus heiterem Himmel traf. Auf Wunsch meines Chefs bediente ich exklusiv einen hochrangigen Parteifunktionär der NSDAP, der sich sehr wichtig gab und in Begleitung einer feinen Dame in teuren Kleidern häufig Stammgast war. Der fragte mich eines Tages ganz überraschend, ob der Name *Kronberg* vielleicht jüdisch sei. Auf meine Antwort, davon wüsste ich nichts, bot er mir ganz jovial an, er könne dies für mich an meinem Geburtsort Eltville klären lassen – ich müsste ihm dazu nur eine Vollmacht ausstellen.
Ich hatte während der Weimarer Republik die Nationalsozialisten schon immer mit Argwohn betrachtet, aber nie daran gedacht, dass ich selbst je mit ihnen in Konflikt geraten könnte. In diesem Augenblick wurde mir bewusst, dass durch eine solche Recherche Polizei und Steuerfahndung wieder auf mich aufmerksam werden könnten und dass mir eine erneute Flucht bevorstand. Noch im Oktober reiste ich nach Zürich, wo ich mein

126

Bankdepot auflöste, und nahm dann in Antwerpen eine Passage über Southampton nach New York.

Gleich nach meiner Ankunft bekam ich eine Aushilfsstelle im Service eines Hotels und lernte mit wachsender Begeisterung das Vielvölkergemisch dieser quirligen Stadt kennen. Acht Wochen später erhielt ich eine feste Anstellung als Kellner im Restaurant *Alt-Heidelberg*, wo sich regelmäßig viele deutsche Auswanderer trafen. Ich fühlte mich hier wie in einer großen Familie und wurde bald nur noch mit *Mister Fritz* angesprochen.

Ein paar Jahre später lernte ich dort auch den deutschen Schriftsteller Oskar Maria Graf kennen, der 1938 emigriert war und sich mit mir oft über seinen Heimatort Berg und die Landschaft um den Starnberger See unterhielt. 1943 gründete er im *Alt-Heidelberg* einen Stammtisch für befreundete deutschsprachige Emigranten, von denen ich mich namentlich nur noch an Bertolt Brecht und den Verleger Wieland Herzfelde erinnere.“

Die spannende Lebensgeschichte des Friedrich Kronberg mit den Fluchten vor Polizei, Steuerfahndung und Nationalsozialismus hatte Rufus ebenso fasziniert wie sein Wandel vom Hochstapler, Glücksspieler, Unternehmer und Börsenspekulanten zum Naturfreund. Er hatte den Weltkrieg und die globale Wirtschaftskrise glimpflich überstanden und war mit Glück den Nationalsozialisten entkommen. In Amerika hatte er offenbar die Freiheit gefunden, nach der er sein Leben lang gesucht hatte.

Jetzt meldete sich Thomas Mann erneut zu Wort mit einer Nachfrage: „Diese zufällige Begegnung mit Oskar

Maria Graf klingt ja fast unglaublich, war aber für Sie beide mit den Erinnerungen an seine reale und Ihre gewählte Heimat sicher ein emotionaler Gewinn. Von diesem Stammtisch hatte ich zwar gehört, war aber schon deshalb nie zugegen, weil dem die weite Anreise von der West- zur Ostküste entgegenstand.

Ich hatte aber schon früher einmal in München eine Begegnung mit Herrn Graf als jungem Schriftsteller gehabt und mich anerkennend zu seiner kraftvollen Sprache geäußert. Ich hatte dabei den Eindruck, dass ich ihm damit vielleicht doch einigen Mut gemacht habe.

Nun meine Frage: Wie lange waren Sie denn noch im *Alt-Heidelberg* beschäftigt, und wann haben Sie Herrn Graf zuletzt dort erlebt?"

„Ich habe bis 1950 dort gearbeitet und ihn bis dahin häufig am Mittwochabend im Freundeskreis gesehen. Meistens kam er im Lodenjanker und in bayrischen Lederhosen und hatte immer wieder einen derben Witz parat, mit dem er die Leute zum Lachen brachte.

Als ich dann in den Ruhestand ging, erwarb ich mir ein kleines Häuschen in Montauk an der Ostspitze von Long Island, wo ich fortan viel Zeit fand, auf langen Spaziergängen die Natur zu genießen. Meine stattlichen Ersparnisse und die Aktien der *Texas Oil Company* sicherten mir einen angenehmen Lebensabend, sodass ich nie mehr auf Börsengeschäfte angewiesen war.

Obwohl ich in Gedanken noch oft in meiner Wahlheimat am Starnberger See war, habe ich nie daran gedacht, dorthin zurückzukehren, weil es Amerika war, das mir wirklich die Freiheit geschenkt hat. Im Jahr 1960 verabschiedete ich mich aus meinem vorigen Leben und wurde auf einem kleinen Landfriedhof in der Nähe von Montauk bestattet."

Inzwischen war der Himmel allmählich heller geworden. Im Süden zeichnete sich die Silhouette der Alpenkette immer klarer gegen den Horizont ab, und im Blattwerk der Baumkronen kündigten erste Lichtpunkte den Sonnenaufgang an. Katia und Thomas Mann meinten, es sei für sie an der Zeit aufzubrechen, dankten Friedrich und Rufus für das viele Neue, was sie erfahren hatten, und waren dem Vorschlag, sich vielleicht wieder einmal zu treffen, nicht abgeneigt. Sie riefen eine Wolke herbei, die mit ihnen rasch über den See in Richtung Westen entschwand.

Rufus verabschiedete sich von Friedrich, der ihm versicherte, wie wichtig für ihn dieses Treffen gewesen sei und wie sehr er es genossen habe, wenigstens ein kleines Fleckchen seiner früheren Heimat wiedergesehen zu haben. Dann ließen auch diese beiden jeder für sich eine Wolke heranschweben und begaben sich auf die Heimreise – der eine auf einer komfortablen Wolkenbank, die rasch aufstieg und zum weiten Weg über den Atlantik nach Westen zog, der andere mit einer hellen Schleierwolke, die ihn nach kurzem Flug über den See auf seinem Hügel in Rieden absetzte.

Rufus verweilte noch eine Zeit lang auf der Kuppe und erlebte, wie erste Sonnenstrahlen die blühende Wiese im Morgentau in einen glitzernden Teppich verwandelten.

Das Treffen in Rieden

Am Abend traf sich Rufus mit Mathilde auf der Bank unter der Birke und berichtete ihr über das nächtliche Treffen auf der Rottmannshöhe. Mit den Namen von Thomas Mann und seiner Frau Katia konnte sie allerdings nicht viel anfangen.

Rufus erklärte ihr dazu, Herr Mann sei zu Beginn des 20. Jahrhunderts ein bedeutender Schriftsteller gewesen, der hier in der Gegend oft Urlaub gemacht und an einem Roman gearbeitet habe. Seine Frau habe ihn bei seiner literarischen Tätigkeit immer aufopfernd unterstützt und ihm den Rücken freigehalten.

Anfang 1912 habe sie allerdings begonnen, immer häufiger unter Schwächezuständen zu leiden. Unter Verdacht auf Tuberkulose sei sie nach Davos geschickt und im *Waldsanatorium* von Professor Jessen behandelt worden. Ihr Gatte habe sie dort im Mai des Jahres für vier Wochen besucht und von ihr allerlei Interessantes über die verschworene Gemeinschaft der Kurgäste von *dort droben* erfahren. Dabei habe sich Thomas Mann fleißig Notizen gemacht, die er später in seinem Roman *Der Zauberberg* verwerten konnte.

Hier unterbrach ihn Mathilde, indem sie lebhaft anmerkte, ihr sei bei dieser Schilderung etwas eingefallen.

„Ich habe immer schon die wunderbare Schweizer Bergwelt wiedersehen wollen, die ich 1906 leider nur für kurze Zeit erleben durfte, und habe im Mai 1912 eine Wolkenreise nach Davos unternommen. Dort konnte ich die Kurgäste beim Spaziergang durch die Parks, bei der

Liegekur auf den Sonnenterrassen und bei den Diners in den Speisesälen einiger Sanatorien beobachten.

Dabei fiel mir ein Ehepaar auf, das sich die meiste Zeit sehr intensiv miteinander unterhielt. Die Dame wies, während sie redete, immer wieder diskret auf bestimmte Gäste hin, und der Herr schrieb mit Bleistift ständig etwas in ein kleines Notizbuch. Ich fand das Ganze recht seltsam, konnte mir aber keinen Reim darauf machen. Kann es sein, dass dies das Ehepaar Mann war, von dem Du gerade erzählt hast?"

Rufus war verblüfft und musste erst einen Augenblick nachdenken, bevor er ihr beipflichtete: „Das müssen sie gewesen sein! Es wäre doch höchst verwunderlich, wenn es sich bei dem Ehepaar, das Du genau zu dieser Zeit dort gesehen hast, rein zufällig um Doppelgänger der Manns gehandelt haben sollte.

Mathilde, Du bringst mich da wieder auf einen Gedanken, der mir bei meinen bisherigen Treffen bereits einige Male durch den Kopf gegangen ist. Es wäre doch großartig, wenn wir all diese interessanten Persönlichkeiten, von denen ich Dir berichtet habe, nächstes Jahr hierher bitten würden, am besten zur Zeit der Äquinoktien im Juni. Ich glaube, sie könnten einander doch einiges aus ihrem früheren und dem jetzigen Leben erzählen."

Mathilde war von diesem Vorschlag begeistert und meinte, die Verwirklichung einer solchen Idee sei vielleicht mühsam, auf jeden Fall aber eines Versuchs wert. Das Jahr verging mit einigen Wolkenreisen – im Sommer meistens zu den bayrischen Seen und im Winter auf einige Gipfel der nahen Voralpen. Zwischendurch gab es immer wieder ein paar kürzere Translokationen zu nahen Zielen und beliebten Aussichtspunkten rund um den See, besonders in klaren Vollmondnächten.

Mitte Mai des nächsten Jahres begann Rufus, sich ernstlich mit seinem großen Plan zu befassen. Zunächst galt es herauszufinden, an welchem Wochentag im Monat der Tag-und-Nacht-Gleiche die volle Rundung des Mondes zu erwarten sei. Mathilde erbot sich, dies zu klären, da sie mittlerweile wisse, wie man derlei abfragen könne aus den Myriaden von elektronischen Botschaften, die ständig im Äther unterwegs seien.

Bereits am nächsten Abend kam sie mit der Nachricht, Vollmond falle dieses Jahr auf einen Freitag, und zwar ziemlich genau Mitte Juni. Um seinen Gästen, die er im letzten Jahr bei seinen Wolkenreisen kennengelernt hatte, ausreichend Zeit zur Planung zu lassen, beschloss Rufus, schon im Laufe der nächsten Abende Kontakt mit ihnen aufzunehmen und ihnen ein Treffen in Rieden vorzuschlagen.

Er begann mit Johann Peter Eckermann in Weimar, der spontan zusagte und sich nur nochmals melden wollte für den Fall, dass Herr Geheimrat von Goethe aus irgendeinem Grunde verhindert sei.
In Leipzig erreichte er Zacharias Taurinius, der sich über die Aussicht freute, dabei vielleicht auch ein paar weitgereiste Gäste kennenzulernen.

Bei der Anfrage in Kilchberg war Katia Mann von der Einladung sehr angetan und bestätigte nach dem *Placet* ihres Mannes umgehend ihr Kommen.

Friedrich Kronberg war zunächst unter der Zielangabe *New York* nicht gleich aufzufinden, antwortete dann aber aus Montauk auf Long Island und freute sich auf ein Wiedersehen.

Johannes Marschl und Katharina Meyer waren, als Rufus sich bei ihnen in Prag meldete, gerade bei Vollmond im Park des Wyschehrad unterwegs und sagten begeistert zu.

Chariklia und Michael meldeten sich von Istanbul aus den Gärten des Stadtschlosses Topkapi-Serail und nahmen die Einladung ebenso überrascht wie erfreut an.

Nachdem sich Medea nicht aus Kolchis zurückmeldete, konnte Rufus schließlich Jason bei Korinth auf der Peloponnes erreichen, der sich über das geplante Treffen freute und versprach, Medea zu verständigen, die in der Nähe von Batumi im heutigen Georgien beheimatet sei.

Als Termin hatte Rufus den Gästen den Freitag Mitte Juni und als Treffpunkt das Kirchlein St. Peter und Paul in Rieden genannt und empfohlen, als Zielort für die Wolke zur Sicherheit zusätzlich *Starnberg* anzugeben. In der letzten Woche, bevor der große Tag näher rückte, hatten Mathilde und Rufus immer wieder besorgt zum Himmel aufgeblickt, wo ein paar heftige Sommergewitter durchzogen. Je mehr der Mond sich jedoch rundete, desto stabiler wurde die Wetterlage und desto entspannter auch die Stimmung. Dann war der Freitagabend endlich gekommen und der Himmel strahlte im Abendlicht.

Gegen Mitternacht stiegen Rufus und Mathilde auf den Hügel und hielten nach allen Seiten hin Ausschau.

Als erstes näherte sich von Westen her eine helle Wolke und landete am Fuß der kleinen Kuppe. Es waren Katia und Thomas Mann, die aus dem Nebelschleier heraustraten und zum Hügel heraufkamen. Rufus ging ihnen entgegen, begrüßte sie und stellte ihnen Mathilde als Tochter des letzten bayrischen Königs vor. Diese versetzte die Manns sogleich in Erstaunen, indem sie vorgab, sie bereits zu kennen. Sie löste dieses Rätsel mit der Erzählung von ihrem Kuraufenthalt in Davos und ihrer nostalgischen Wolkenreise dorthin im Mai 1912, wo ihr Katia beim Erzählen und Thomas mit seinem Notizbüchlein mehrmals aufgefallen waren.
Dass aus diesen Notizen einmal ein literarisches Werk entstehen würde, hatte sie damals natürlich nicht ahnen können. Katia ließ es sich nicht nehmen, Mathilde einige der charakteristischen Romanfiguren und deren wahre Vorbilder zu schildern, wie Clawdia Chauchat, Mynheer Pepperkorn, Joachim Ziemßen, die Damen Iltis und Stör, Leo Naphta, Lodovico Settembrini, Oberarzt Krokowski und Hofrat Behrens.

Kurz darauf ging eine Wolke auf der Wiese nieder, die aus östlicher Richtung herangezogen war und aus der sich zwei männliche Gestalten lösten: Herr von Goethe und Herr Eckermann. Rufus hieß sie willkommen und stellte ihnen Mathilde und das Ehepaar Mann vor. Während Katia, die mit einer solchen Begegnung nicht gerechnet hatte, aus ihrer Bewunderung für den Dichterfürsten kein Hehl machte, hielt sich Thomas zunächst mit hanseatischer Zurückhaltung im Hintergrund, äußerte dann aber großen Respekt vor Goethes Lebenswerk und ebenso vor der selbstlosen Tätigkeit seines Mitarbeiters Eckermann.

Er selbst sei ja nicht, wie der Geheimrat, ein Dramatiker gewesen, sondern habe sich seine literarischen Meriten als Prosa-Erzähler erworben. Er kenne aus Schulzeiten Goethes *Faust* und habe seinem eigenen Spätwerk *Doktor Faustus* gleichfalls einen Teufelspakt zu Grunde gelegt. Der sei jedoch rein metaphorisch gedacht gewesen, indem er den Komponisten Adrian Leverkühn um den Preis der Genialität zum Liebesverzicht verdammt habe. Beide Werke seien in ihrer Art wohl Klassiker, jedoch vom Genre her nicht miteinander vergleichbar. Auf die Erwähnung seines Goethe-Romans *Lotte in Weimar* verzichtete Thomas Mann vorsichtshalber.

Goethe, der diese Kommentierung wohl irgendwie als narzisstisch empfand, wirkte etwas irritiert und äußerte sein Bedauern, Manns Romane nicht zu kennen. Er meinte aber, als Schriftsteller werde man, wenn man es auf Erfolg abgesehen habe, seit jeher auch stark vom Geschmack seines Publikums beeinflusst. Der ändere sich aber von Epoche zu Epoche und sei mitprägend für den Stil und die bevorzugte Thematik der jeweiligen Zeit, jedoch kein Wertmaßstab für deren Literatur.

Es traf sich günstig, dass inzwischen von Osten her eine kleinere Wolke Zacharias Taurinius herangeführt hatte, bevor sich der schriftstellerische Diskurs weiter vertiefen konnte. Er wurde zunächst von Rufus und dann auch von

Goethe und Eckermann freundschaftlich begrüßt und berichtete ihnen, er habe sich, angeregt durch die Gespräche auf der Schneekoppe, in der Zwischenzeit wieder einmal mit seinem Freund, dem Kupferstecher Carl Heinrich Rahl, in Wien getroffen und ihm vom Treffen im Riesengebirge berichtet.

Die Manns zeigten sich beeindruckt von den Umständen, unter denen Taurinius vor zweihundertfünfzig Jahren nach Fernost, Amerika und Afrika gereist war, und berichteten mit gewissem Stolz von der eigenen Atlantikpassage bei ihrer Emigration 1938, die sie vergleichsweise als recht komfortabel in Erinnerung hatten.

Inzwischen war von Westen her eine Wolke herangeschwebt und hatte auf der Wiese Friedrich Kronberg abgesetzt. Der hatte dieses Mal seine weite Anreise aus New York auf den Plejaden oberhalb von Montreux unterbrochen, um einmal den weiten Blick ins Rhônetal und auf den Mont Blanc zu erleben. Er wurde von Rufus als früherer Hochstapler und genialer Schwindler vorgestellt, der sich durch seinen Aufenthalt in der Region um den Starnberger See zum empathischen Naturfreund gewandelt und schließlich sein Glück in Amerika gefunden habe. Friedrich freute sich, Katia und Thomas Mann wiederzusehen, und kam gleich mit ihnen ins Gespräch.

Kurz darauf landeten, gleichfalls aus östlicher Richtung heranziehend, Johannes Marschl und Katharina Meyer am Fuß des Hügels und wurden von Rufus den bereits Angekommenen vorgestellt. Als Zacharias Taurinius hörte, Johannes sei Kapitän zur See gewesen, war er der erste, der sich zu Fachsimpeleien über die Seefahrt zu ihm gesellte. Nachdem er zu seiner Zeit überzeugt gewesen war, Großsegler mit drei oder vier Masten seien das Höchste, was technisch je erreichbar sei, war er ganz begierig darauf zu erfahren, was es denn mit der Dampfschifffahrt auf sich habe, und ob es wirklich möglich geworden sei, ganz auf Segel zu verzichten.

Katharina war indessen mit Goethe ins Gespräch gekommen und erzählte, sie habe am Lyzeum in Prag viele seiner Werke gelesen und seine Sprache bewundert. Dies schien dem Geheimrat ganz offensichtlich besser zu behagen, als mit Herrn Mann anhand von Gattungsmerkmalen über Literatur zu diskutieren, zumal Katharina ziemlich belesen zu sein schien und dies auch auf charmante Weise zur Geltung brachte.

Von Südosten her war jetzt eine Wolke herangezogen und hatte auf der Wiese eine Frau und einen Mann abgesetzt, die gleich alle Blicke auf sich zogen, weil sie wie zur Inszenierung einer griechischen Tragödie gekleidet waren. Es waren Jason und Medea, die sich am Vorabend auf der Peloponnes getroffen hatten und heute von Akrokorinth herübergekommen waren. Rufus stellte den Mann als den Führer der Argonauten vor, der vor dreitausend Jahren das *Goldene Vlies* aus Kolchis an der Ostküste des Schwarzen Meeres nach Griechenland geholt hatte, und die Frau als die fälschlich des Mordes und der Magie bezichtigte Königstochter, die das geraubte heilige Widderfell auf abenteuerliche Weise wieder in ihre Heimat Kolchis zurückgebracht hatte.

Katia und Katharina waren die ersten, die auf das Paar zugingen und sich vorstellten. Beide hatten zur Schulzeit die Argonauten-Sage der griechischen Mythologie in einer einfachen Version kennengelernt, sich aber auch etwas mühsam mit Grillparzers Drama *Medea* auseinandersetzen müssen. So waren sie äußerst erstaunt darüber, dass Medea nicht, wie bisher immer dargestellt, die Täterin, sondern das Opfer bei der Tragödie auf Akrokorinth war, und ebenso darüber, dass sie sogar das Goldene Vlies durch eine List zurückgewinnen und nach einem heroischen Ritt durch Anatolien in ihre Heimat zurückbringen konnte. Bevor Medea mit ihrem Bericht begann, hatte Katia schnell noch Thomas ein Zeichen gegeben hinzuzukommen, weil sie meinte, dieses Thema würde sicher auch ihn interessieren.

Während Medea ihre Geschichte erzählte, hatte Jason mit halbem Ohr das Gespräch von Johannes Marschl und Zacharias Taurinius über die Seefahrt mitbekommen und sich bei ihnen eingefunden. Er berichtete ihnen von seiner Fahrt, die er vor dreitausend Jahren mit fünfzig Ruderern von Griechenland über das Schwarze Meer nach Kolchis unternommen hatte, um das Fell eines goldenen Widders nach Thessalien zurückzuholen. Das Boot, die *Argo*, hatte lediglich ein einziges Segel, das nur bei günstigem Wind hilfreich war. Jason konnte es kaum fassen, dass tausend Jahre später Schiffe mit drei oder vier Masten und bis zu zwei Dutzend Segeln gebaut werden konnten. Mit solchen war Zacharias um die halbe Welt gereist, während Johannes als Kapitän die europäischen Meere bis hoch nach Norwegen befahren hatte auf

Dampfschiffen, die nur noch zur Sicherheit ein paar Segel mitführten.

Friedrich Kronberg, der sich inzwischen auch dem *Club der Seefahrer* angeschlossen hatte, rief grenzenloses Staunen hervor mit der Bemerkung, seit Anfang des 20. Jahrhunderts habe die Atlantikpassage nach Amerika auf größeren Dampfschiffen bereits weniger als eine Woche gedauert.

Nebenbei berichtete Jason, als Fluchtweg bei der Rückreise nach Griechenland habe er die göttliche Weisung erhalten, die Donau von ihrer Mündung ins Schwarze Meer flussaufwärts zu rudern, um so ins Mittelmeer zu gelangen. Johannes, der nicht nur profunde Kenntnisse der Hochsee-, sondern auch der Binnenschifffahrt hatte, konnte ihm hierzu bestätigen, dass er gut daran getan hatte, den direkten, wenn auch gefährlicheren Heimweg durch die Meerenge zum Bosporus hin zu benutzen. Von dem angeratenen Umweg hätte es nämlich keinen Anschluss ans Mittelmeer gegeben und die Reise wäre wohl an den Quellen der Donau oder des Inns zu Ende gewesen.

Zuletzt kam eine Wolke aus Istanbul mit Chariklia und Michael Skepides an. Auch diese beiden erregten einiges Aufsehen, weil die Frau eine schlichte blaue Malerkutte anhatte, während der Mann zu einem edlen Kaftan einen vornehmen weißen Turban trug. Rufus stellte Chariklia als Kirchenmalerin vor, die vor achthundert Jahren mit einer Malschule von zwölf Waisenmädchen die Felsenkirchen Kappadokiens restauriert hatte, und Michael als byzantinischen Griechen, der am Hof zu Kaisareia als

Leibarzt im Dienst des seldschukischen Sultans gestanden hatte.

Beide hätten Konstantinopel verlassen müssen, als ihre Heimatstadt vor achthundert Jahren von einer räuberischen Flotte venezianischer Kreuzfahrer besetzt worden war. Michael Skepides sei Chariklia erstmals in einem der Kirchentäler Kappadokiens begegnet und hätte ihr als Stifter den Auftrag erteilt, eine marode Felsenkirche neu zu gestalten. Danach hätten sich ihre Lebenswege auf tragische Weise getrennt. Beide seien, nachdem Konstantinopel nach sechzig Jahren venezianischer Besetzung von den Byzantinern zurückerobert worden war, wieder in ihre Vaterstadt zurückgekehrt, ohne sich jedoch dort wiederzusehen, und seien bei der alten Chora-Kirche nebeneinander bestattet worden.

Rufus hatte die beiden bewusst besonders ausführlich vorgestellt, weil er davon ausging, dass ihre Vorgeschichte für die meisten recht exotisch klingen würde und dass nicht alle der Anwesenden wirklich wussten, wo Kappadokien liegt, nämlich mitten in Anatolien, der heutigen Türkei. Wie nicht anders zu erwarten, bildete sich gleich danach eine Traube von Neugierigen um die zwei Neuankömmlinge, darunter Mathilde, Katia und Katharina, die noch mehr über die platonische Liebe der beiden und ihre Lebenswege erfahren wollten.

Nach einiger Zeit hatten alle spontan zusammengefunden und sich zwanglos in kleinen Gruppen auf der Hügelkuppe niedergelassen, um zu plaudern und einander kennenzulernen.

Thomas Mann ließ sich von Medea noch eine Reihe von Details aus ihrer Zeit auf Akrokorinth und über ihre Flucht zurück nach Kolchis berichten. Ab und zu griff er dabei wie in Gedanken nach seiner Brusttasche, als suche er sein kleines Oktavheft, um sich ein paar Notizen zu machen – allerdings vergeblich.

Jason war bei Johannes, Zacharias und Friedrich geblieben, weil er immer noch Fragen zur Schifffahrt der Neuzeit hatte, insbesondere zu den großen Routen nach Fernost und Übersee. Diese faszinierten ihn besonders, weil sie zu seiner Zeit noch völlig unbekannt und nicht einmal vorstellbar gewesen waren.

Inzwischen hatte sich ein kleiner Kreis wissbegieriger Damen um Goethe geschart, um ihm einige Fragen zu den *Leiden des jungen Werthers* und zu seiner *Italienischen Reise* zu stellen, wobei er diese angenehme Gesellschaft sehr zu genießen schien. Für einige Antworten musste er allerdings an die Grenzen seiner Erinnerung gehen und Eckermann um Unterstützung bitten, der auch zu ausgesprochenen Spitzfindigkeiten lückenlos Auskunft geben konnte. Als Katharina erzählte, auch sie habe vor einhundertfünfzig Jahren in einer kleinen Reisegruppe, bestehend aus zwei Herren und drei jungen Damen, die Schneekoppe bestiegen, zeigte er sich sehr berührt in der nostalgischen Erinnerung an den dramatischen Sonnenaufgang, den er seinerzeit an diesem Ort erlebt hatte.

Während der angeregten Gespräche war die Zeit unmerklich fortgeschritten, und im Osten zeigte sich zunächst ein grauer Schimmer, der sich dann rötlich färbte und kurz darauf vom weißen Licht überstrahlt wurde, das dem Sonnenaufgang voranging. Der allgemeinen Bewunderung des erwachenden Tages folgte eine gewisse Unruhe, die den Aufbruch der Gesellschaft ankündigte. Man nahm in aufgeräumter Stimmung Abschied von Rufus, bedankte sich bei Mathilde und traf die eine oder andere Verabredung, um sich mit den neuen Freunden gelegentlich wieder zu treffen.

Eckermann schlug Goethe vor, vielleicht zusammen mit Rufus und Zacharias die Zusammenkunft eines speziellen Kreises in Weimar zu planen und dazu den Kupferstecher Carl Heinrich Rahl aus Wien, den Philosophen Immanuel Kant aus Königsberg und den Schriftsteller Achim von Arnim aus Jüterbog-Luckenwalde einzuladen. Letztere seien ja diejenigen Zeitzeugen gewesen, die sich dezidiert für die Glaubwürdigkeit des angefeindeten Weltreisenden Zacharias Taurinius ausgesprochen hätten. Als Treffpunkt hierfür dachte Eckermann an Goethes Gartenhaus im romantischen Park an der Ilm.

Mathilde vereinbarte mit Katharina und Johannes einen Ausflug auf die Schneekoppe in der Hoffnung, mit etwas Glück dort einen dieser wunderbaren, wenn auch seltenen Sonnenaufgänge zu erleben. Katia Mann, die sich mittlerweile mit den beiden Damen angefreundet hatte, war von dieser Idee begeistert und wollte Thomas, der sich gerade von Friedrich Kronberg verabschiedete, vorschlagen, diesen Ausflug mitzumachen. Ihr Mann habe im Jahr 1918 von Wildbad-Kreuth aus den Hirschberg südlich des Tegernsees bestiegen und dort einen Sonnenaufgang erlebt, von dem er später ebenso geschwärmt habe wie von seiner sportlichen Leistung.

Jason und Medea wollten Chariklia und Michael im nächsten Frühjahr in Istanbul besuchen, um die große Stadt mit den sieben Hügeln und dem imposanten Burgberg kennenzulernen. Zu Beginn des vierten Jahrhunderts n.C. hatten sich hier die Römer auf dem Boden einer kleinen griechischen Kolonie namens Byzantion festgesetzt und Konstantinopel gegründet. Als rund ein Jahrtausend zuvor Jason und Medea auf dem Rückweg nach Thessalien mit der Argo die Meerenge unterhalb des damals kahlen Burgfelsens passierten, konnten sie nicht ahnen, dass an diesem Ort einst die Metropole des oströmischen Reiches entstehen sollte.

Allmählich kamen von allen Seiten Reisewolken herbei, welche die Gäste nacheinander aufnahmen, um sie in ihre Heimat zurückzubringen. Rufus und Mathilde standen noch lange auf dem Hügel und sahen ihnen nach, bis sie am Horizont ihren Blicken entschwunden waren.

Als das lichte Blau des Himmels im Westen zunahm und die beiden den Hügel hinabstiegen, setzte wie auf das Zeichen eines Dirigenten das Morgenkonzert der Starenkolonie ein.

*

Morgens gegen Neun wurde Rufus vom Telefon aus seinen Träumen gerissen. Es war Julia, die berichtete, das Bridge-Turnier sei bisher recht unterhaltsam und ganz entspannt verlaufen – sie werde morgen Nachmittag wieder zurück sein.

Rufus zog die Vorhänge zurück und blickte hinaus in den Garten. Draußen herrschte dichter Nebel, sodass er weder die Kronen der alten Buchen noch das dunkle Auge seines Gartenteichs erkennen konnte.

Er überlegte kurz, was er an einem solch trüben Novembertag unternehmen könne. Obwohl heute ein Samstag war, an dem er keinen Rufbereitschaftsdienst hatte, entschloss er sich, am Vormittag in der Klinik ein paar Schreibarbeiten zu erledigen, die unter der Woche liegen geblieben waren.

Nach einer Tasse Tee trat er vor die Haustür, warf einen prüfenden Blick auf sein Fahrrad, das er unter dem Vordach abgestellt hatte, und beschloss nach kurzer Überlegung, wegen der schlechten Sicht besser zu Fuß zu gehen. Er musste sich einige Male an Zäunen und Hecken entlangtasten, erreichte dann aber schließlich die Ampel an der Hauptstraße und wartete, obwohl augenblicklich keinerlei Verkehr war, korrekt das grüne Signal ab.

Als er durch die gläserne Drehtür das Foyer der Klinik betrat, blickte der Pförtner kurz von seiner Zeitung auf und rief ihm ein aufgeräumtes „Guten Morgen, Herr Doktor!" zu. Rufus grüßte zurück, begab sich in sein Dienstzimmer und machte sich daran, die Unterschriftsmappen zu bearbeiten.

Als er später wieder ins Freie trat, war es nur wenig heller geworden – es blieb ein grauer Nebeltag.

Anhang

Historische Persönlichkeiten

Mathilde, Prinzessin von Bayern (1877–1906)

Apollonios von Rhodos, Epiker (3. Jh. v.C.)

Michael *Skepides*, Arzt und Hofbeamter zu Kaisareia (13. Jh.)

Theodor Komnenos *Laskaris*, byzantinischer Exilkaiser (1174–1222)

Michael Doukas Komnenos *Palaiologos*, byzantinischer Exilkaiser (1223 – 1282)

Ibn Sina (*Avicenna*), Begründer der Medizinschule zu Esfahan (980 –1037)

Zacharias *Taurinius*, Weltreisender aus Kairo (1758–ca.1840)

Carl Heinrich *Rahl*, Kupferstecher zu Wien (1779–1843)

Anton *Doll*, Verleger zu Wien (18./19. Jh.)

Johann Wolfgang *von Goethe*, Schriftsteller zu Weimar (1749–1832)

Johann Peter *Eckermann*, Schriftsteller und Vertrauter von J. W. v. Goethe (1792–1854)

Christoph *Meiners*, Professor zu Göttingen (1747–1810)

Heinrich Eberhard *Paulus*, Professor zu Jena (1761–1851)

Immanuel *Kant*, Philosoph zu Königsberg (1724–1804)

Achim *von Arnim*, Schriftsteller zu Wiepersdorf (1781–1831)

Johannes *Marschl*, Kapitän zur See, aus Chlumetz (19. Jh.)

Katharina *Meyer*, geb. Klepsch, aus Prag (19. Jh.)

Gustav *Meyer*, Tabakwarenhändler aus Bremen (19. Jh.)

Jan Neruda, Schriftsteller zu Prag (1834–91)

Friedrich Smetana, Komponist zu Prag (1824–84)

Anton Dvorak, Komponist zu Prag (184 –1904)

Thomas *Mann*, Schriftsteller aus München (1875–1955), mit Frau Katia (1887–1980) sowie den Söhnen Klaus (1906–49) und Golo (1909–94)

Dr. Georg *Richter*, Kunstsammler aus München (1875–1941)

Hermann *Ebers*, Kunstmaler aus Seeshaupt (1881–1957)

Fischer *Gastl*, Stegwart zu Leoni (19./20. Jh.)

Maurus *Graf*, Konditor aus Berg (1891–1971) und Bruder des Schriftstellers Oskar Maria *Graf* (1894–1967)

Euripides, Dramatiker aus Athen, (5.Jh.v.C.)

Franz Grillparzer, Schriftsteller zu Wien (1791–1872)

Fiktive Romanfiguren

Jason und Medea, Sagengestalten aus Thessalien und Kolchis (10. Jh. v.C.)

Chariklia, Kirchenmalerin in Kappadokien (13. Jh.)

Anna *Schenekova*, Haushälterin aus Prag (19. Jh.)

Friedrich *Kronberg*, Oberkellner aus Eltville (19./20. Jh.)

Gerhart *Scharbeck*, Journalist aus Hamburg (20./21. Jh.)

Franz *Kreitmeyer*, Kellner zu Aufkirchen (20. Jh.)

Rufus *Achheim*, Kinderarzt zu Starnberg (20./21. Jh.)

Bisher erschienen:

Zacharias Taurinius

Lebensgeschichte und Beschreibung der Reisen
durch Asien, Afrika und Amerika
des Zacharias Taurinius,
eines gebornen Ägyptiers.

Nebst einer Vertheidigung
gegen die wider ihn in verschiedenen
gelehrten Zeitungen gemachten Ausfälle,
vorzüglich in Rücksicht der unter dem Nahmen
Damberger
von ihm herausgegebenen Landreise durch Afrika.

Bearbeitet
und mit einem Nachwort herausgegeben
von Reinhard Schreiber

Wehrhahn Verlag Hannover, 2014
ISBN 97687-3-856-343-9

*

Reinhard Schreiber

Die Lustreise

Novelle

Nach den wirklichen Aufzeichnungen
des Kapitains Johannes Marschl aus Chlumetz
von einer Reise ins Riesengebirge 1871

August von Goethe Verlag Frankfurt, 2015
ISBN 978-3-865-343-9

*

Reinhard Schreiber

Der Mann mit dem Turban

Erzählung

Eine Zeitreise ins Mittelalter
zu den Felsenkirchen Kappadokiens

August von Goethe Verlag Frankfurt, 2017
ISBN 978-3-8372-1666-0

*

Reinhard Schreiber

Die Dampflok auf dem Dachfirst

Engramme einer bewegten Kindheit

*Erinnerungen an frühe Kinderjahre
in der Nachkriegszeit*

BoD Verlag Norderstedt, 2018
ISBN 9-783746-095738

*

Reinhard Schreiber

Jasons Reise

Die Wahrheit über das Goldene Vlies

Essay

BoD Verlag Norderstedt, 2018
ISBN 9-7837487-107934

*

Reinhard Schreiber

Der Hochstapler

Fluchten und Wandlungen des
Friedrich Kronberg

Roman

BoD Verlag Norderstedt, 2019
ISBN 9-783750415287

*

Reinhard Schreiber

Begegnung in Weimar

Zacharias Taurinius trifft
Johann Wolfgang von Goethe

Erzählung

BoD Verlag Norderstedt, 2020
ISBN 9-783752608175

*

Reinhard Schreiber

Also – jetzt mal ganz ehrlich!

Wildwuchs und Stilblüten
aus dem Schrebergarten
der deutschen Sprache

Essay

BoD Verlag Norderstedt, 2021
ISBN 9-783755770404

*